Imitation

Original Korean edition published by C&C Revolution Inc.
French translation rights arranged by C&C Revolution Inc. through Topaz Agency
Traduction française : Makma
ISBN : 979-10-412-0014-6
Code Hachette : 75 9277 0

Collection dirigée par Christian English & Frédéric Thibaud
www.kamondo.fr

Dépôt légal : Décembre 2022

KAMONDO BOOKS

SOMMAIRE

Partie 1

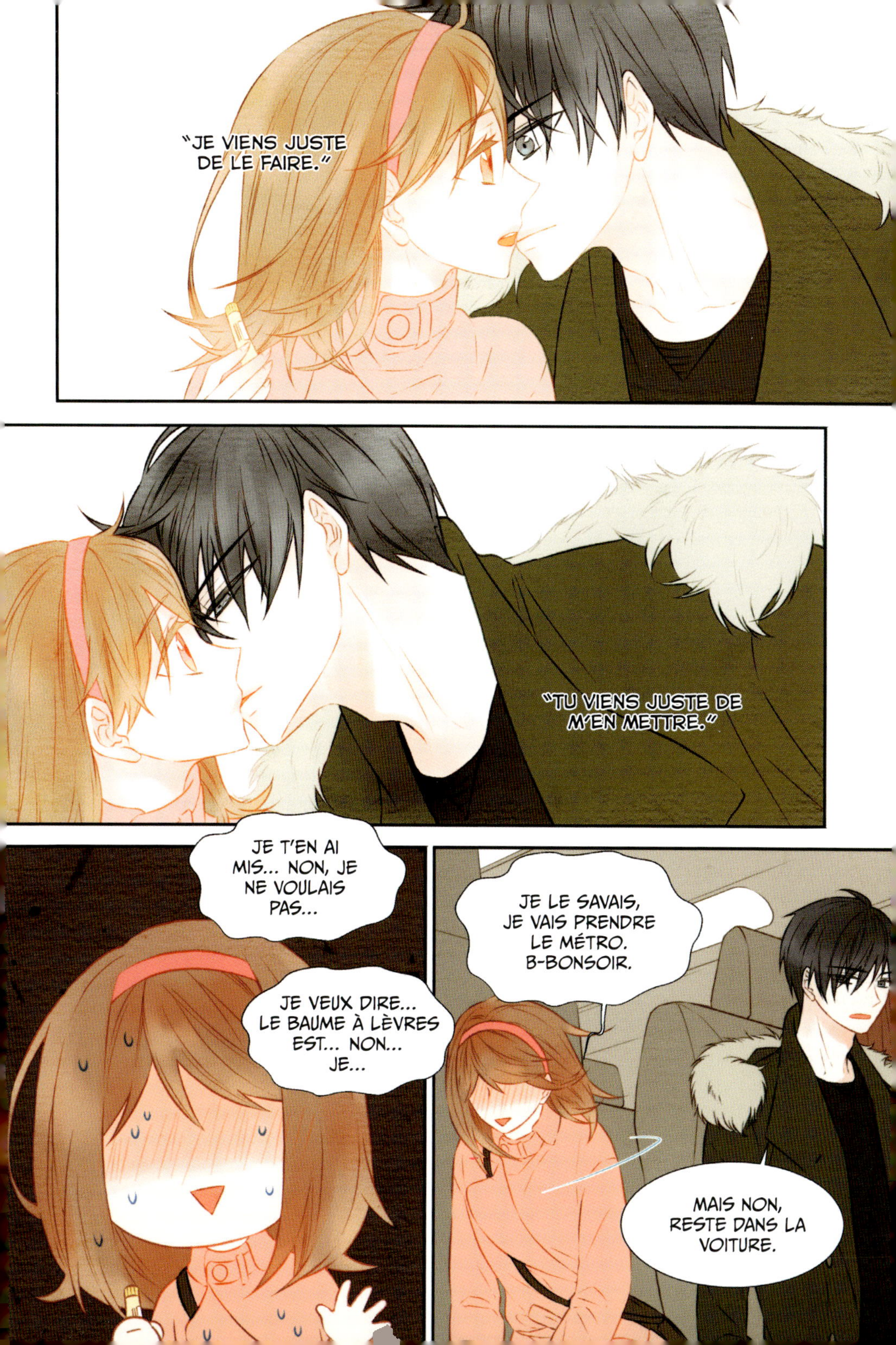
"JE VIENS JUSTE DE LE FAIRE."
"TU VIENS JUSTE DE M'EN METTRE."
JE T'EN AI MIS... NON, JE NE VOULAIS PAS...
JE VEUX DIRE... LE BAUME À LÈVRES EST... NON... JE...
JE LE SAVAIS, JE VAIS PRENDRE LE MÉTRO. B-BONSOIR.
MAIS NON, RESTE DANS LA VOITURE.

TU VIENS, TU ME RENTRES DEDANS ET MAINTENANT TU M'ÉVITES ? POURQUOI ?
JE T'AI RENTRÉ DEDANS SANS FAIRE EXPRÈS, MAIS...
MAIS... APRÈS ÇA, JE SUIS CERTAINE QUE TU M'AS...
QUE JE T'AI QUOI ?
JE NE M'EN SOUVIENS PAS TRÈS BIEN. TU PEUX ME MONTRER ?
QU'EST-CE QUI LUI PREND ?
NOOOOOON ! RIEN DU TOUT ! TOUT EST MA FAUUUUUTE !
JE TE CHARRIE. ARRÊTE DE BALISER COMME ÇA.
IL N'A PAS L'AIR DE PLAISANTER ! MAIS ALORS PAS DU TOUT !

IL A TOUJOURS ÉTÉ COMME ÇA ? JE VEUX SORTIR DE LÀ LE PLUS VITE POSSIBLE...
AU FAIT, SI APRÈS ÇA TU M'ÉVITES À CHAQUE FOIS QU'ON SE CROISE...
JE RISQUERAIS DE ME SENTIR TRÈS MAL ET DE T'ENVOYER TOUTES SORTES DE CHOSES.
JE NE T'ÉVITERAI PAS !
C'EST UNE MENACE ?! IL ME FAIT DU CHANTAGE ?!
CLAC
MAMAN !
VRRRR
OUF ! QUOI ?!!
!
POURQUOI T'ÉTAIS COUCHÉE CONTRE LA PORTE ? T'AS FAILLI TOMBER !
MERCI DE M'AVOIR RATTRAPÉE...

NE PREND PAS LES GENS PAR SURPRISE EN TE FAUFILANT DERRIÈRE EUX COMME ÇA.
QUOI ? POURQUOI TU PARLES COMME SI C'ÉTAIT MA FAUTE ?
QU'EST-CE QUE T'AS FAIT À MAHA ENCORE ?! TU L'AS EMBÊTÉE JUSQU'À QUEL POINT POUR QU'ELLE SE COUCHE COMME ÇA CONTRE LA PORTE ?!
JE NE L'AI PAS EMBÊTÉE.
J'AI RIEN FAIT, MAIS C'EST ELLE QUI A COMMENCÉ À ME...
KYAAAAARGH ! ARGHARGHARGH !
Ne lui Raconte pas
S'il te pla t
AH, TU NE VEUX PAS QUE JE LUI DISE ? ÇA NE ME DÉRANGEAIT PAS, MAIS SI TU VEUX GARDER LE SECRET, C'EST COMME TU VEUX...

MAIS TOI, T'AS UNE DETTE ENVERS MOI.
FUITE DE L'ÂME
JE NE SAIS PAS CE QUI SE PASSE, MAIS AU FOND DE MOI, J'AI DE LA PEINE POUR MAHA.
OÙ EST PASSÉ LE TYPE QUI CRAIGNAIT DE SE RETIRER À CAUSE D'UNE DÉPRESSION ? LÀ, JE NE VOIS QUE CELUI QUI MENACE LA FILLE AVEC QUI IL VEUT SORTIR.
HÉ, SOYONS BONS AMIS.
ON VA ÊTRE AMENÉS À SE VOIR SOUVENT POUR LE TOURNAGE, DONC PARLONS-NOUS NORMALEMENT.
ALORS, TU PEUX RAMENER HYUN-JI PLUS TARD, HM ?
JE T'INVITE À DÎNER, ALORS RAMÈNE HYUN-JI.
ON N'EST PAS SI PROCHES QUE ÇA, VOUS SAVEZ...
OH MISÈRE...

HÉ ! TE DÉGONFLE PAS, HEIN ?
T'ES LE SEUL QUI LA CONNAISSE ICI.
IL EST FORT PROBABLE... QUE HYUN-JI M'AIME BIEN.
MAIS JE NE PEUX PAS LE LEUR DIRE, J'AI PEUR QU'ILS ME DÉTESTENT.
AU DÉBUT, JE PENSAIS QU'IL N'Y AVAIT AUCUNE CHANCE POUR QUE HYUN-JI AIME UN GARÇON COMME MOI...
TU N'AS AUCUNE GRAISSE SUR LES CUISSES. T'AS FAIT COMBIEN D'INJECTIONS ?
D'INJECTIONS ?
MAIS QU'IMPORTE COMMENT JE LA VOIS, JE TROUVE QUE SA FAÇON DE ME REGARDER RESSEMBLE BEAUCOUP À CELLE QUE J'AI DE REGARDER MAHA.
FAIS PAS LA FILLE PRUDE, TU SAIS VRAIMENT PAS DE QUOI JE PARLE ? LES INJECTIONS ANTI-GRAISSES ?
AH... MA COMPAGNIE N'A PAS BEAUCOUP D'ARGENT, ALORS...

POUR UNE RAISON QUE J'IGNORE, ELLE N'ARRÊTE PAS D'ESSAYER DE NOUS RAPPROCHER, MAHA ET MOI.
MAIS IL Y A QUELQUE CHOSE D'ÉTRANGE CHEZ ELLE CES DERNIERS TEMPS.
ÇA M'AIDE C'EST VRAI, MAIS...
!
JOO-MI, QU'EST-CE QUI TE PREND ?!
JE VÉRIFIAIS JUSTE S'IL N'Y AVAIT VRAIMENT PAS DE TRACES DE PIQÛRES. RIEN DE CE CÔTÉ.
BIEN JOUÉ, CHA JOO-MI.
...
J'AI TOUT VU, QUELLE CHANCE !

OUAIS MAIS QUAND MÊME, IL Y A PLEIN DE GENS...
MATE-MOI LA LONGUEUR DE CE SHORT. C'EST COMME SI TOUT ÉTAIT DÉJÀ DEHORS DE TOUTE FAÇON...
COUP D' IL
SURSAUTE
FIXE...
Rien vu
?
Moi non plus...
Ugh...
D-DÉSOLÉ...

HÉ ! TU PEUX PAS DIRE ÇA, POURQUOI ?!
C-C'EST SORTI TOUT SEUL...
ALORS ILS... ONT VU...
C'ÉTAIT DÉJÀ GÊNANT AVEC ELLE DERNIÈREMENT, MAIS LÀ, ÇA L'EST DEVENU ENCORE PLUS. NICKEL.
JE NE ME SOUVIENS PLUS COMMENT JE SUIS ALLÉE À L'ENTRAÎNEMENT ET RENTRÉE À LA MAISON...

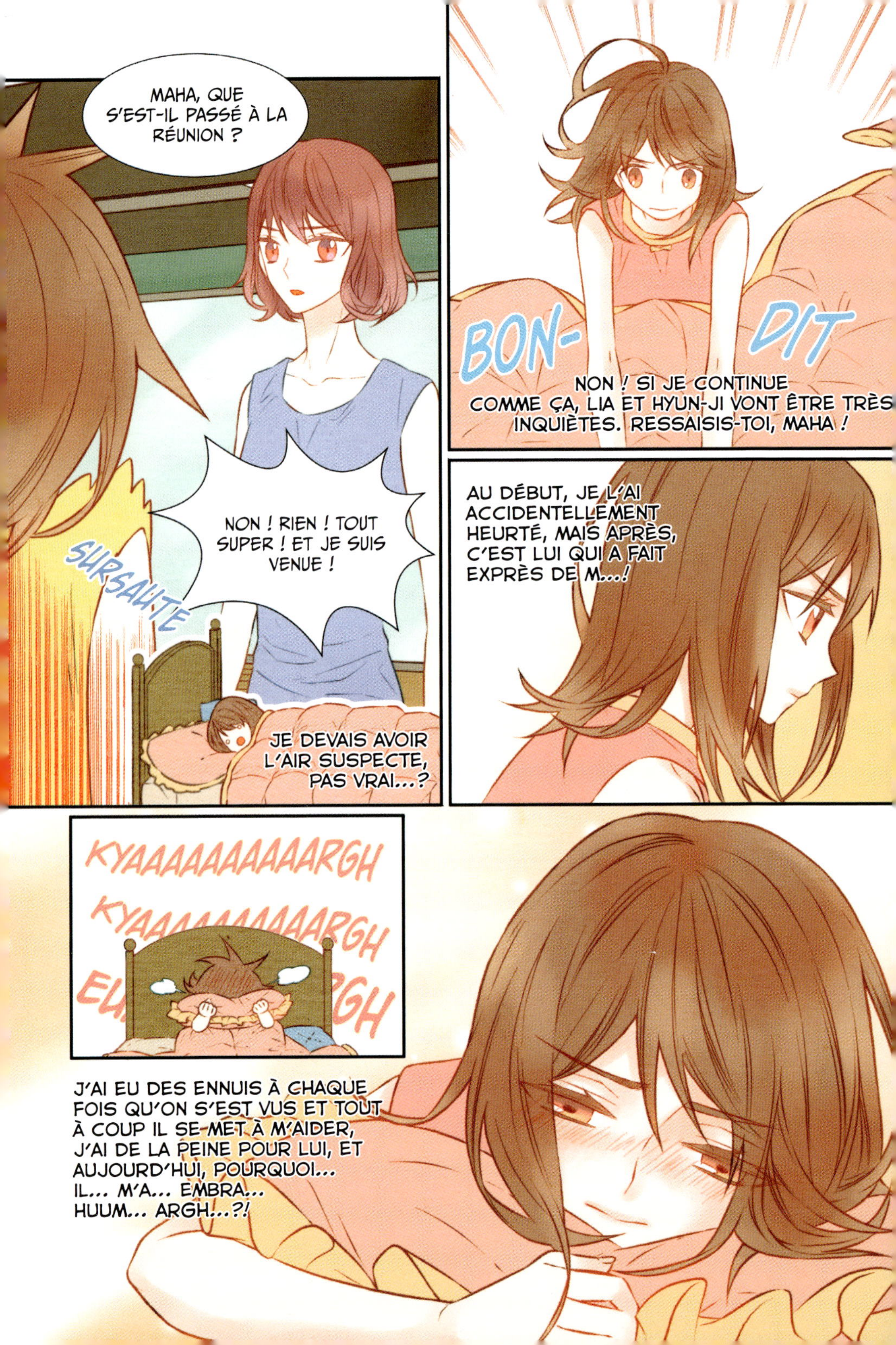
MAHA, QUE S'EST-IL PASSÉ À LA RÉUNION ?
SURSAUTE
NON ! RIEN ! TOUT SUPER ! ET JE SUIS VENUE !
JE DEVAIS AVOIR L'AIR SUSPECTE, PAS VRAI... ?
BON-DIT
NON ! SI JE CONTINUE COMME ÇA, LIA ET HYUN-JI VONT ÊTRE TRÈS INQUIÈTES. RESSAISIS-TOI, MAHA !
AU DÉBUT, JE L'AI ACCIDENTELLEMENT HEURTÉ, MAIS APRÈS, C'EST LUI QUI A FAIT EXPRÈS DE M...!
KYAAAAAAAAAARGH
KYAAAAAAAAAARGH
J'AI EU DES ENNUIS À CHAQUE FOIS QU'ON S'EST VUS ET TOUT À COUP IL SE MET À M'AIDER, J'AI DE LA PEINE POUR LUI, ET AUJOURD'HUI, POURQUOI... IL... M'A... EMBRA... HUUM... ARGH...?!

MON TÉLÉPHONE... OÙ EST-CE QUE J'AI MIS... MON... TÉLÉPHONE ?
FRRR
FRRR
FRRR
LE SENTIMENT QUE TOUTES LES RÉPONSES À NOS QUESTIONS SE TROUVENT SUR LE NET.
KWON RYEOK
KWON RYEOK FILMS
KWON RYEOK N°1
KWON RYEOK DRAMA
KWON RYEOK PERSONNE INFLUENTE
CLIC
CLIC
CLIC
CLIC
MAINTENANT QUE J'Y PENSE, C'EST LA PREMIÈRE FOIS QUE JE FAIS DES RECHERCHES SUR "KWON RYOK".
SON VISAGE N'A PAS BEAUCOUP CHANGÉ, IL AVAIT JUSTE L'AIR PLUS JEUNE AVANT.
IL SOURIAIT VRAIMENT BEAUCOUP DANS LE PASSÉ ?
INCROYABLE !
JE N'ARRIVE PAS À CROIRE QUE CE SOIT LUI... C'EST RÉELLEMENT... FASCINANT.

QUAND J'ÉTAIS À L'ÉCOLE, IL Y AVAIT TOUJOURS AU MOINS QUELQU'UN QUI AIMAIT LES SHAX DANS MA CLASSE.
SI JE M'ÉTAIS INTÉRESSÉE À LUI À L'ÉPOQUE, EST-CE QUE ÇA AURAIT ÉTÉ DIFFÉRENT MAINTENANT ?
POURQUOI EST-CE QU'IL M'A EMBRASSÉE ?
POUR LUI, ÇA NE SIGNIFIE RIEN ?
C'EST POUR S'AMUSER ?
AU FIL DU TEMPS, LE NOMBRE DE PHOTOS OÙ ON LE VOIT SOURIRE A DRASTIQUEMENT DIMINUÉ.
C'EST ARRIVÉ JUSTE COMME ÇA ?
PARCE QU'EN VÉRITÉ, C'EST QUELQU'UN DE LÉGER ?
OU PARCE QUE MOI, J'AI L'AIR LÉGÈRE ?
JE NE SAIS PAS SI C'EST LE CONCEPT QUI A CHANGÉ, OU SI C'EST QUELQUE CHOSE QUI A CHANGÉ EN LUI...? MAIS IL A COMMENCÉ À AVOIR LE REGARD DUR, FROID, ET INDIFFÉRENT.

ET SUR CETTE PHOTO DU FILM QUI L'A RÉVÉLÉ POUR LA PREMIÈRE FOIS EN TANT QU'ACTEUR...
ON VOIT UN SOLDAT QUI PLEURE EN MOURANT... MÊME SI JE SAIS QUE CE N'EST QUE DU JEU...
SON EXPRESSION ME LAISSE PENSER QU'IL N'EST PAS DU GENRE À EMBRASSER UNE FILLE POUR S'AMUSER.

GRÂCE À L'AIDE DE HYUK, J'AI PU ME RETROUVER EN TÊTE À TÊTE AVEC MAHA DANS LE VAN.
Moi ? J'ai fait quoi ?
JE SUIS JOUEUR, ALORS J'AI PROFITÉ DE LA MALADRESSE DE MAHA POUR CRÉER UNE OUVERTURE ET LA TOURNER À MON AVANTAGE. JE SUIS UN GÉNIE.
C'est suspect d'avoir trop de chance comme ça...
– VOILÀ QUELLE A ÉTÉ MA GRANDE DÉSILLUSION PENDANT UN MOMENT.
JE FERAIS MIEUX DE LUI ENVOYER LE PREMIER MESSAGE, APRÈS CETTE HISTOIRE DE CHANTAGE ET DE DETTE.
TU FAIS QUOI ? T'AS MANGÉ ?
JE M'ENTRAÎNE. J'AI MANGÉ !
– Fin –
CLIC CLIC CLIC
ON DEVRAIT ESSAYER D'AVOIR UNE CONVERSATION AUJOURD'HUI. SOYONS LE PLUS GENTIL ET LE PLUS DOUX... POSSIBLE...
TU T'ES BIEN ENTRAÎNÉ.E ? QUAND EST-CE QUE TU RENTRES CHEZ TOI ?
JE SUIS À LA MAISON ! JE VAIS DORMIR. BONNE NUIT, SUNBAENIM !
– Fin 2 –
CLIC CLIC CLIC
ELLE NE FAIT QUE ME RÉPONDRE ET NE ME DEMANDE RIEN EN RETOUR. POURQUOI ?
ELLE NE VEUT PAS SAVOIR SI J'AI MANGÉ AUSSI ? SI JE SUIS CHEZ MOI AUSSI ? QU'EST-CE QUE JE FAIS ?!

ELLE NE FAIT PAS QUE METTRE DES BARRIÈRES… ELLE EST CARRÉMENT EN TITANE.
DING
DING
TU M'ÉTONNES QUE LE GARS DE SPARKLING NE FAISAIT QUE LUI TOURNER AUTOUR… IL Y AVAIT UNE BONNE RAISON.
.....
ELLE NE S'EST PAS RENDU COMPTE QUE JE LA DRAGUAIS ?! OU PEUT ÊTRE QUE ÇA L'ENNUIE ?!
ELLE N'A JAMAIS ÉTÉ EN COUPLE ? J'AI RIEN CONTRE ÇA, LOIN DE LÀ !
DEVRAIS-JE LUI DIRE DIRECTEMENT QUE JE SUIS TRÈS INTÉRESSÉE PAR ELLE ?! MAIS SI JAMAIS, EN LUI DISANT ÇA, ELLE PRENAIT PEUR ET PARTAIT EN COURANT ?!
JE N'AURAIS PAS DÛ PROVOQUER CE RAPPROCHEMENT. EST-CE QU'ELLE M'EN VEUT ?
HYUNG, T'ES TOUJOURS LÀ ? PRÊTE-MOI TA MONTRE.
D'ACCORD, PRENDS-LA.
OOH… JE LE SAVAIS, ELLE EST TROP COOL. JE VOULAIS ME L'ACHETER AUSSI, MAIS ELLE EST TROP CHÈRE !

SI TU FAIS CE QUE JE TE DEMANDE, ELLE EST À TOI.
WOW, ÉNORME ! FAIRE QUOI ?
AIDE-MOI À VOIR MAHA DE TEMPS EN TEMPS PENDANT LA DURÉE DU TOURNAGE.
OH ? HUM...
QUOI ? T'AS PEUR QUE JE L'EMBÊTE, C'EST ÇA ?
HM... C'EST SURTOUT QUE J'AI ENTENDU UN TRUC À LA DERNIÈRE RÉUNION...
DANS NOS SITCOMS, ON A TENDANCE À MÉLANGER LA PERSONNALITÉ DE L'ACTEUR À SON PERSONNAGE POUR L'ÉTOFFER UN PEU.
ALORS J'AIMERAIS QUE CHACUN D'ENTRE VOUS NOUS RACONTE UN SOUVENIR MÉMORABLE DE SA VIE...
ET SI ON COMMENÇAIT PAR TOI, MAHA ?

QUEL A ÉTÉ LE MOMENT LE PLUS HEUREUX DE TA VIE ?
PENDANT UN AN APRÈS NOS DÉBUTS. POUR LA PREMIÈRE FOIS DE MA VIE, ÇA NE ME DÉRANGEAIT PAS D'ÊTRE INVISIBLE À LA MAISON.
MÊME SI J'ÉTAIS TROP ENTHOUSIASTE OU QUAND J'EXAGÉRAIS, MES AMIS ET MON PATRON NE ME DÉTESTAIENT PAS.
MÊME SI JE N'ÉTAIS PAS POPULAIRE, J'ÉTAIS TRÈS ENJOUÉE PARCE QUE JE ME DISAIS QUE SI JE TRAVAILLAIS DUR, LES GENS FINIRAIENT PAR ME RECONNAÎTRE UN JOUR.
ET MAINTENANT ? BEAUCOUP PLUS DE GENS QU'AVANT TE RECONNAISSENT. C'EST PAS SUPER ?!
JE NE SAIS PAS TROP.

L'IDÉE QUE CERTAINES PERSONNES POURRAIENT ÊTRE BLESSÉES OU SE SENTIR MAL À CAUSE DE MOI...
OH...
M'EFFRAIE UN PEU. COMME AVANT, FINALEMENT... VOILÀ MON HISTOIRE.
C'EST À CAUSE DE MOI ? JE VAIS BIEN, TU SAIS... CE N'ÉTAIT PAS SI GRAVE QUE ÇA.
NON, CE N'EST PAS À CAUSE DE TOI !
J'AI ÉTÉ RECADRÉE À CHAQUE FAUTE QUE J'AI COMMISE, ALORS ÇA M'A PERMIS D'OUVRIR LES YEUX.
TU PARLES DE RYOK ?
TU PARLES DE LUI ? C'EST ÇA ?
...
HUM, JE VOIS.
DONC KWON RYOK A MIS FIN À TA PÉRIODE HEUREUSE.

... MAIS QU'EST-CE QU'ELLE ENTEND PAR "ÊTRE INVISIBLE À LA MAISON" ?
TU SAIS, CES FAMILLES OÙ C'EST SANS ARRÊT "MON FILS PAR-CI, MON FILS PAR-LÀ". CE GENRE DE FAMILLE.
ET JE T'AI PAS DIT... ÇA FAIT UN AN QU'ELLE A DÉBUTÉ, ET SA FAMILLE N'EST MÊME PAS AU COURANT !
ELLE NE LE LEUR A PAS DIT ? MÊME SI ELLE N'EST PAS POPULAIRE, LE DRAMA DANS LEQUEL ELLE A JOUÉ EST REDIFFUSÉ EN BOUCLE...
JE SAIS ! ON ÉTAIT TOUS TELLEMENT CHOQUÉS QU'ON LE LUI A DEMANDÉ PLUSIEURS FOIS.
SON PETIT FRÈRE EST EN TERMINALE L'ANNÉE PROCHAINE, ALORS ILS NE METTENT QUE LES INFOS À LA TÉLÉ, MAIS QUAND MÊME...
HAAA... C'EST POUR ÇA QUE J'AI PROPOSÉ DE LA RAMENER EN VOITURE. MOI, JE VOULAIS ÊTRE GENTIL AVEC ELLE, MAIS TOI TU L'EMBÊTES TOUT LE TEMPS.
ALORS ÇA VEUT DIRE QUE LES SEULES PERSONNES QUI LUI PORTENT DE L'INTÉRÊT SONT CELLES QU'ELLE RENCONTRE AU TRAVAIL ?
ELLE ÉTAIT RAVIE DE RECEVOIR DE L'ATTENTION POUR LA PREMIÈRE FOIS, EN DEHORS DE CHEZ ELLE.
SI ÇA, C'ÉTAIT LA PLUS BELLE PÉRIODE DE TOUTE SA VIE...
CE FANTASME, DANS LEQUEL DE PLUS EN PLUS DE GENS L'AIMAIT...

ALORS CE BONHEUR SERA COMME UNE ILLUSION, VOUÉ À ÊTRE DÉTRUIT, AU FUR ET À MESURE QU'ELLE AVANCE. LE PLUS IMPORTANT, CE N'EST PAS QUE CE SOIT MOI QUI L'AI DÉTRUIT, C'EST QUE...
MAHA NE SAIT PAS CE QUE ÇA FAIT D'ÊTRE AIMÉE, CHÉRIE, ET COMMENT OBTENIR L'AMOUR QU'ELLE VEUT.
LES FILLES ! JE VOUS PRÉSENTE CEUX QUI VONT TRAVAILLER AVEC NOUS À PARTIR D'AUJOURD'HUI. DITES BONJOUR.
BONJOUR !

IM JI-EUN, QUI A FAIT SES ÉTUDES À L'ÉTRANGER ET QUI A ÉTÉ LA STYLISTE D'UN GROUPE CONNU DE FILLES.
PARK JIN-MAN, QUI SERA VOTRE MANAGER.
ILS SONT TOUS DEUX TRÈS EXPÉRIMENTÉS, ALORS ÉCOUTEZ-BIEN CE QU'ILS VOUS DISENT, OK ?
MONSIEUR... VOUS POUVEZ LES PAYER, N'EST-CE PAS...?
BIEN SÛR ! ON SE DOIT DE LEUR PROPOSER UN SALAIRE DÉCENT POUR LE TRAVAIL QU'ILS VONT ACCOMPLIR POUR NOUS !
CLUB DE FOOTBALL DU MATIN DU QUARTIER
On est riches, hé hé hé !
Venez nous encourager un jour !
IL SE TROUVE QUE CERTAINS MEMBRES DU CLUB DE FOOTBALL DU MATIN SONT DES PDG ET MAINTENANT, NOS INVESTISSEURS !
LE PATRON SAIT Y FAIRE POUR ÉLARGIR SON RÉSEAU, C'EST CLAIR...

ÉCRIVEZ-NOUS QUAND VOUS SEREZ BIEN RENTRÉES. CE SERA TOUT POUR L'ENTRAÎNEMENT D'AUJOURD'HUI.
D'ACCORD ! BONNE SOIRÉE !
LE NOUVEAU MANAGER ET LA STYLISTE... OH MON DIEU...
TAP
TAP
À PARTIR DE MAINTENANT, VOS VIES NE SERONT PLUS UN LONG FLEUVE TRANQUILLE. NOUS SOMMES DES SPARTIATES ! COMPRIS ?
VOUS ALLEZ MANGER ET DORMIR JUSTE ASSEZ POUR SUBSISTER. LE RESTE DU TEMPS, CE SERA ENTRAÎNEMENTS, RÉUNIONS, ET TOURNAGES !
OH, VOUS ÊTES VRAIMENT MINCES ET SVELTES. MAIS PERDEZ ENCORE UN PEU DE POIDS, OK ?
...
UN SEUL REPAS PAR JOUR PEUT ÊTRE ? OU FAITES UN JEÛNE PENDANT UN MOIS JUSQU'À VOTRE COMEBACK ! LES AUTRES GROUPES DE FILLES FONT ÇA !

SALUT !
RENTRE BIEN !
À DEMAIN !
MESSAGE !
SUNBAENIM
SUNBAENIM
TU T'ES BIEN ENTRAÎNÉ ? QUAND EST-CE QUE TU RENTRES CHEZ TOI ?
22:02
JE SUIS À LA MAISON ! JE VAIS DORMIR. BONNE NUIT, SUNBAENIM !
00:32
SUNBAENIM
C'EST PAS TROP DANGEREUX DE RENTRER CHEZ TOI TOUTE SEULE ?
21:36
NON, ÇA VA ! JE N'HABITE PAS LOIN.
22:03
SUNBAENIM
L'ENTRAÎNEMENT EST TERMINÉ ?
23:46
ENVOYER
C'EST ENCORE KWON RYOK.
IL M'A EMBRASSÉE, ET DEPUIS IL N'ARRÊTE PAS DE M'ENVOYER DES MESSAGES… QU'EST-CE QUI LUI ARRIVE ?
OUI. JE RENTRE CHEZ MOI.
CLIC
CLIC
S'IL NE FAIT PAS ÇA POUR S'AMUSER, ALORS…
J'AI VU ÇA DANS DES DRAMAS ET DES MANHWAS…
EST-CE QUE CE SERAIT PARCE QU'IL M'AIME BIEN…?

NON, JE NE CROIS PAS, NON.
Pfft
JE N'AI FAIT QUE LUI TAPER SUR LES NERFS. AUCUNE CHANCE QU'UN SUNBAENIM AUSSI POPULAIRE QUE LUI SOIT INTÉRESSÉ PAR MOI.
J'EN SAIS VRAIMENT RIEN...
MESSAGE !
SI TU AS DU TEMPS DEMAIN, J'AIMERAIS QU'ON SE VOIE. JE VIENDRAI APRÈS TON ENTRAÎNEMENT.
POURQUOI ?
QUE SE PASSE-T-IL ? IL ME PARLE ENCORE.
ENTRAÎNEMENT.
23:48
23:48
SUNBAENIM
C'EST JUSTE QUE J'AI ENVIE DE TE VOIR.
23:49

EUAGH ! OH LE MALAISE ! COMMENT ÇA, "ENVIE DE ME VOIR" ?
WOW. PERSONNE NE M'A JAMAIS DIT ÇA AUPARAVANT.
J'AI JAMAIS DIT ÇA À UNE FILLE AUPARAVANT... MAIS QU'EST-CE QUE JE RACONTE...?! JE NE SUIS MÊME PAS BOURRÉ...
DING
D'accord. Je t'enverrai un message quand j'aurai fini.
Il a la chair de poule aussi.

MAHA A L'AIR DE NE JAMAIS AVOIR REÇU ASSEZ D'ATTENTION DANS SA VIE.
ELLE NE SAIT PAS CE QUE C'EST QUE DE RECEVOIR DE L'ATTENTION, ALORS ELLE NE SAIT PAS COMMENT L'ACCEPTER, NI QUOI EN FAIRE.
ELLE ÉTAIT COMPLÈTEMENT HERMÉTIQUE, MAIS CE N'ÉTAIT PAS POUR SE FAIRE DÉSIRER. ELLE EST ACCESSIBLE QUAND ON EST DIRECT.
Mince... je vais avoir des ennuis si je me décoiffe...
Des émojis en plus ? Je ne sais vraiment pas ce qu'il cherche...
Euagh, je n'arrive plus à bouger.
FRISSONS FRISSONS
QUE VAIS-JE BIEN POUVOIR FAIRE DE TOI ?
PEUT-ÊTRE QUE TOUT CE TEMPS, ELLE S'EST BLINDÉE ET A REJETÉ TOUT CE QU'ELLE A TOUJOURS DÉSIRÉ, SANS MÊME S'EN RENDRE COMPTE.

JE NE SUIS PAS UNE PERSONNE SENSIBLE QUI COMPREND BIEN LES AUTRES.
POURTANT MAHA...
J'AI L'IMPRESSION DE BIEN LA CONNAÎTRE...
"VOUS NE SENTEZ RIEN PAR RAPPORT À LEE MAHA ? J'AI LE SENTIMENT QU'ON FERAIT MIEUX D'ÉVITER DE LA CROISER."
L'IMPRESSION DE DÉJÀ-VU DE JAEWOO.
"J'AI DE LA PEINE POUR ELLE. TU DEVRAIS ARRÊTER, HYUNG."
ILS NE SE SONT PAS BEAUCOUP VUS, MAIS HYUK EST PARTICULIÈREMENT PROTECTEUR AVEC ELLE.

ET MOI, JE L'AI DÉTESTÉE DÈS LE DÉBUT SANS TROP SAVOIR POURQUOI.
"JE N'AI JAMAIS AIMÉ LES GENS COMME ELLE, ÇA NE DATE PAS D'HIER. POURQUOI FAUT-IL QUE JE ME JUSTIFIE SANS ARRÊT ?"
NOUS AVONS EU UNE EXPÉRIENCE SIMILAIRE À L'ÉPOQUE, ET ÇA NE S'EST PAS BIEN TERMINÉ.
TU T'ES ENCORE TROMPÉ ?! J'ARRIVE PAS À CROIRE QU'ON SOIT DANS LE MÊME GROUPE, SANS DÉCONNER.
HYUNG ! ARRÊTE ! EUNJO PLEURE.
ARF, PUT***. J'EN AI MARRE, JE VAIS M'ENTRAÎNER AILLEURS. APPELEZ-MOI QUAND VOUS AUREZ FINI DE VOUS DISPUTER.
QU'EST-CE QUE T'AS À PLEURER TOUT LE TEMPS COMME UN BÉBÉ ? REPRENDS-TOI, MEC !

DÉSOLÉ... JE NE PLEURE PAS... JE FERAI MIEUX CETTE FOIS-CI.
EUNJO AUSSI SE FAISAIT TOUT PETIT, CE QUI ÉTAIT DÛ À SA CARENCE AFFECTIVE.
OH... C'EST SA VOITURE ?

QUAND ON ÉTAIT TOUS
ES DEUX DANS LE VAN, C'ÉTAIT
ROP... ARF, JE NE PEUX PAS Y
ALLER. QUE FAIRE ?
POURQUOI EST-CE QUE J'AI ACCEPTÉ DE LE VOIR ?!
C'ÉTAIT TELLEMENT GÊNANT, ÇA ME REND DINGUE !
Kyaaaaaaagh
Aaaagh
WHOOSH
WHOOSH
QU'EST-CE QU'ELLE FAIT ?
C'EST PAS PARCE QUE TU NE PEUX PAS ME VOIR À TRAVERS LES VITRES TEINTÉES QUE JE NE TE VOIS PAS NON PLUS, TU SAIS ?
Hé Hé Hé Hé Hé Hé Hé
Hiiiiiiiiiiiiiiiiiiiiiiiii

C'EST AMUSANT À REGARDER, MAIS DÉPÊCHE-TOI DE RENTRER. JE NE VAIS RIEN TE FAIRE.
QUELLE HUMILIATION...
HÉ HÉ HÉ HÉ HÉ
DIS, HYUK M'A TOUT RACONTÉ.
QUOI ?
COMME QUOI J'AURAIS MIS UN TERME À LA PÉRIODE HEUREUSE DE TA VIE ?
C-CE N'EST PAS CE QUE J'AI DIT. J-JE SUIS DÉSOLÉE !
POURQUOI TU T'EXCUSES ?

JE SUIS DÉSOLÉ D'AVOIR ÉTÉ AUSSI BLESSANT AVEC TOI, SANS MÊME TE CONNAÎTRE. TU AS VRAIMENT DÛ ME DÉTESTER.
NON... C'ÉTAIT MA FAUTE, ENFIN... J'AURAIS DÛ FAIRE ATTENTION.
SI J'AVAIS ÉTÉ TOI, JE ME SERAIS HAÏ AU PLUS HAUT POINT. COMMENT SE FAIT-IL QUE CE NE SOIT PAS LE CAS ? JE NE COMPRENDS PAS.
C'EST POURTANT VRAI...
OK, BON BAH TROP TARD. MÊME SI UN JOUR TU ME DIS QUE TU ME DÉTESTES, JE N'ÉCOUTERAI PAS.
D'ACCORD...
TU N'AS AUCUNE IDÉE DE CE QUE ÇA VEUT DIRE, PAS VRAI ?
HEIN ?
JE VEUX DIRE PAR LÀ QUE JE VAIS T'EMBÊTER. JE VIENDRAI TE VOIR DÈS QUE J'EN AURAI LE TEMPS, T'APPELLERAI ET T'ENVERRAI DES MESSAGES.
POURQUOI ?

POUR QU'ON DEVIENNE D'ABORD AMIS, AVANT DE PASSER À L'ÉTAPE SUPÉRIEURE.
TOC TOC
?
L'ÉTAPE SUPÉ-RIEURE ?
POURQUOI EST-CE QUE ÇA ME PARAÎT BIZARRE ?
QUOI, TU NE VEUX PAS TOMBER SUR MOI ?
QUE ÇA TE PLAISE OU NON, J'AI PLUSIEURS MOYENS DE TE VOIR, ALORS ABANDONNE.
UGH.
HÉ, TU SAIS QUE JE VOIS LA CHAIR DE POULE DANS TON COU.
QU'EST-CE QUI NE VA PAS CHEZ TOI ? TU NE COMPRENDS TOUJOURS PAS, MÊME APRÈS CE QUE JE T'AI DIT !
HÉ, RÉPONDS-MOI ! MOI AUSSI JE SUIS EMBARRASSÉ DU COUP !

GWAAK
BRRRRRRRRR
QUOI, T'AS MAL AUX MAINS ?
QUEL VERNIS TU AS MIS ?
HEIN ? N-NON, JE M'ÉTIRE JUSTE LES DOIGTS.
TU DIS BEAUCOUP DE TRUCS BIZARRES CES JOURS-CI, HM ?
MAIS NON. MAHA A TOUJOURS ÉTÉ COMME ÇA.
JE GARDE DES CHOSES SECRÈTES DE LIA ET HYUNJI.
J'AI ENVIE DE LEUR DIRE QUE RYOK N'EST PAS UNE SI MAUVAISE PERSONNE, MAIS JE NE PEUX PAS LEUR RACONTER CE QUI S'EST PASSÉ. J'AI TROP HONTE.
TU VOIS ? C'EST FACILE DE DEVENIR AMIS, JE SUIS DÉJÀ À L'AISE AVEC TOI. DONC PAS BESOIN DE ME RÉPONDRE.

C'EST JUSTE QUE JE NE SAIS PAS QUOI DIRE...
DÉTENDS TES MAINS ! TU FAIS ÇA PARCE QUE T'ES GÊNÉE !
Whoa !
FRR
FRR
TU ES TELLEMENT INNOCENTE. T'AS JAMAIS TENU LA MAIN D'UN HOMME, C'EST ÇA...?
B-BIEN SÛR QUE SI !
ALORS POURQUOI TU N'ARRÊTES PAS DE SURSAUTER ?
JE DOIS TE DEMANDER LA PERMISSION POUR TE TENIR LA MAIN ? JE PEUX ? JE PEUX TE MASSER LES DOIGTS ?
Gyaaagh
JE DÉTESTE ÇA ENCORE PLUS !
VOYEZ-VOUS ÇA. ÇA VEUT DIRE QUE TU AIMES ALORS.
Pfff
HÉ. TU AS MÊME DES FRISSONS SUR LES MAINS. C'EST À CE POINT-LÀ...

J'AI L'IMPRESSION D'AVOIR ENCORE DES FRISSONS.
MONSIEUR, JE CROIS QU'ON DOIT REFAIRE UNE RÉUNION.
ON EN FAIT TOUS LES JOURS, MAIS... QUE SE PASSE-T-IL ?
JE VIENS DE RECEVOIR UN APPEL D'AMMONITE D'APGUJEONG.
LES SHAX FONT LEUR PROMOTION EN MÊME TEMPS QUE NOUS.
SI ON VISE LA PREMIÈRE PLACE, CE SERA TRÈS PROBLÉMATIQUE AVEC EUX DANS LES PARAGES.

GRAT
GRAT
IL ME SEMBLAIT QUE TOUS LES GRANDS GROUPES ÉTAIENT PASSÉS ? MOI QUI PENSAIS QU'ON AVAIT UNE CHANCE... AÏE AÏE AÏE, MA TÊTE.
IL NOUS FAUT UNE TOUTE NOUVELLE CHORÉGRAPHIE ET DES NOUVELLES TENUES.
ON NE PEUT PAS SE CONTENTER D'UN VISUEL JOLI ET MIGNON. L'OBJECTIF EST DE RAFLER LA VICTOIRE AUX SHAX.
QU'EST-CE QU'IL RACONTE ! COMMENT PEUT-ON GAGNER FACE AUX SHAX ?!

FAISONS UNE PAUSE UN INSTANT !
CHA JOO-MI REFAIT DES SIENNES.
ELLE EST VRAIMENT IMMATURE.
T'AS BEAU MAQUILLER LES POCHES SOUS TES YEUX, ON VOIT BIEN QUE TU T'AFFAMES.
TU NAGES DANS TES VÊTEMENTS...
J'AI VRAIMENT PERDU DU POIDS...?
C'EST DÉGUEULASSE, HORS DE MA VUE.
C'EST À CAUSE DE CE GENRE DE CHOSES QU'ON DÉTESTE TRAVAILLER AVEC ELLE.
JE NE VOIS PAS D'OÙ ELLE PEUT PERDRE DU POIDS.
ELLE ÉTAIT DÉJÀ MAIGRE AVANT, QUE VEULENT-ILS QU'ELLE PERDE... UN OS...?

CE QUE JE TE DIS TE PASSE AU-DESSUS DE LA TÊTE ? TU NE RÉPONDS PAS ?
NON, CE N'EST PAS ÇA...
COMMENT ÇA, "NON" ? TU M'IGNORES CARRÉMENT LÀ !
HYUN-JI !
MAHA M'A DIT QUE VOTRE PROMOTION TOMBAIT EN MÊME TEMPS QUE CELLE DES SHAX ?
AH... OUAIS...
EST-CE QUE TON RÉGIME N'EST PAS UN PEU EXCESSIF ?
TU ES SUPER MAIGRE AUSSI, JOO-MI... COMMENT ARRIVEZ-VOUS À PERDRE ENCORE DU POIDS ?
HEIN ?

POURQUOI TU DIS ÇA ?
JE SAIS QUE T'ESSAYE DE L'AIDER, MAIS BON. JE VAIS FERMER LES YEUX POUR CETTE FOIS.
OGH ! IL VIENT DE LA SAUVER...!
J'AURAIS DÛ FAIRE ÇA ! QUEL LÂCHE !
JE TE REMERCIE, JOO-MI.
MERCI, YOOJIN...
JE DOIS ME CONTRÔLER. JE NE VEUX PAS LUI DONNER DE FAUX ESPOIRS EN ÉTANT GENTIL AVEC ELLE...
C'EST RIEN...
MAIS CE SERAIT VEXANT DE L'IGNORER...

C'EST REDEVENU
BIZARRE.
JE NE PEUX PAS M'EMPÊCHER D'ESPÉRER UN GESTE DE SA PART. IL FAUT VITE QUE J'ABANDONNE.
ÇA AURAIT ÉTÉ MIEUX SI MAHA AVAIT ÉTÉ LÀ À MA PLACE.
HÉ... HÉ HÉ... MERCI DE M'AVOIR RACCOMPAGNÉE.
SUR CE... AU REVOIR.

ÇA FAIT DIX JOURS QU'ON NE S'EST PAS VUS, ET TU COMPTES ME LAISSER APRÈS UN TOUR EN VOITURE DE 10 MINUTES...?
J'AI L'IMPRESSION D'ÊTRE JUSTE UN CHAUFFEUR, C'EST PAS COMME ÇA QUE JE VOYAIS LES CHOSES...
C-CE N'EST PAS LE CAS ! DÉSOLÉE !
ALORS QU'EST-CE QUE JE PEUX FAIRE...?
TU N'AURAIS PAS DES QUESTIONS À ME POSER ?
EN FAIT... SI...
ALORS POSE-LES MOI.
TU ES AU COURANT QUE... VOTRE PROMOTION TOMBE EN MÊME TEMPS QUE LA NÔTRE ?

DES QUESTIONS SUR LE TRAVAIL, PAS SUR MOI DONC...
OUI, JE VIENS DE L'APPRENDRE.
MON DIRECTEUR ET MON MANAGER SONT PROBABLEMENT EN RÉUNION POUR ÇA À L'HEURE QU'IL EST...
N'ONT-ILS PAS TERMINÉ LA PROMOTION DE LEUR ALBUM RÉCEMMENT ?
ET DÉBUT DÉCEMBRE, NE VONT-ILS PAS ÊTRE OCCUPÉS À PRÉPARER LES ÉMISSIONS DE REMISES DE PRIX DE FIN D'ANNÉE COMME NOUS...?
J'IMAGINE QU'ILS VEULENT GARDER L'ATTENTION DU PUBLIC, AVEC TOUS LES GROUPES POPULAIRES QUI ÉMERGENT DERNIÈREMENT.
SURTOUT EN COLLABORANT AVEC AMMONITE D'APGUJEONG.
ILS SONT AU TOP ! NE DEVRAIENT-ILS PAS PRENDRE DU REPOS MAINTENANT ?
CE SONT DES DÉMONS, À L'IMAGE DE LEUR NOM !

VOILÀ CE QU'ILS DISENT... OH, AU FAIT. JE NE SAVAIS PAS QUE "SHAX" ÉTAIT LE NOM D'UN DÉMON.
OUAIS. AH BON... TU L'IGNORAIS...?
JE CROYAIS QU'ON ÉTAIT PLUTÔT RÉPUTÉS... NE ME DIS QU'ELLE NE SAIT PAS ÇA NON PLUS...
MAHA.
COMBIEN Y A-T-IL DE MEMBRES DES SHAX ?
PARDON ?
CIN... NON, SE... SEPT...?
NON. HUIT MEMBRES ACTUELLEMENT. LEURS NOMS ?
...
FAIS DES RECHERCHES... ON VA TOURNER LES MÊMES ÉMISSIONS, ALORS TU DEVRAIS MÉMORISER LES NOMS ET LES VISAGES DE CHACUN AVANT.

ET PAS SEULEMENT NOUS, LES AUTRES GROUPES AUSSI... TU NE VOUDRAIS PAS TE METTRE LES GENS À DOS.
JE N'AI PAS PENSÉ À RECHERCHER LE NOM DES AUTRES MEMBRES DE SHAX, JUSTE LE TIEN.
TU AS FAIT DES RECHERCHES... SUR MOI ? POURQUOI ?
?
PARCE QUE J'ÉTAIS CURIEUSE.
À PROPOS DE QUOI ?
JE ME DEMANDAIS POURQUOI TU M'AVAIS EMBRASS...
...
P-P-P-P-POUR RIEN, COMME ÇA !
Kyaaaaaaaah
SURPRIS

J'IMAGINE QU'ELLE EST UN MINIMUM INTÉRESSÉE PAR MOI... ?
ON DIRAIT BIEN QU'ON VA SOUVENT SE CROISER SUR LES CHAÎNES DE TÉLÉ. J'AI HÂTE.
... QUOI, C'EST QUOI CETTE TÊTE ?
PUISQU'ON FAIT NOS PROMOTIONS EN MÊME TEMPS... ON DOIT CHANGER TOUTE NOTRE CHORÉGRAPHIE, NOS TENUES ET PERDRE ENCORE PLUS DE POIDS.
SURSAUTE
NE FRONCE PAS LES SOURCILS, TU DEVRAIS ÊTRE RECONNAISSANTE. TU SEMBLES PLUS À L'AISE AVEC MOI, NON ?

SI VOUS N'ÊTES PAS ASSEZ PRÉPARÉES, TU CROIS QUE LE PUBLIC NE S'EN RENDRA PAS COMPTE ?
FAIS DE TON MIEUX DÈS MAINTENANT. SI TU Y VAS AVEC LA RAGE DE VAINCRE...
ÉVIDEMMENT, LES SHAX NE PERDENT JAMAIS, C'EST NOTRE TRAVAIL. ALORS PRÉPARE-TOI À FOND.
IL SE POURRAIT QUE TU OBTIENNES DES MEILLEURS RÉSULTATS QUE TU NE LE PENSES.
MAIS VOUS NE POURREZ QUAND MÊME PAS NOUS BATTRE.
AU MIEUX, VOUS ARRIVEREZ DEUXIÈME. TU LE SAIS, N'EST-CE PAS ?
AH... HAA...

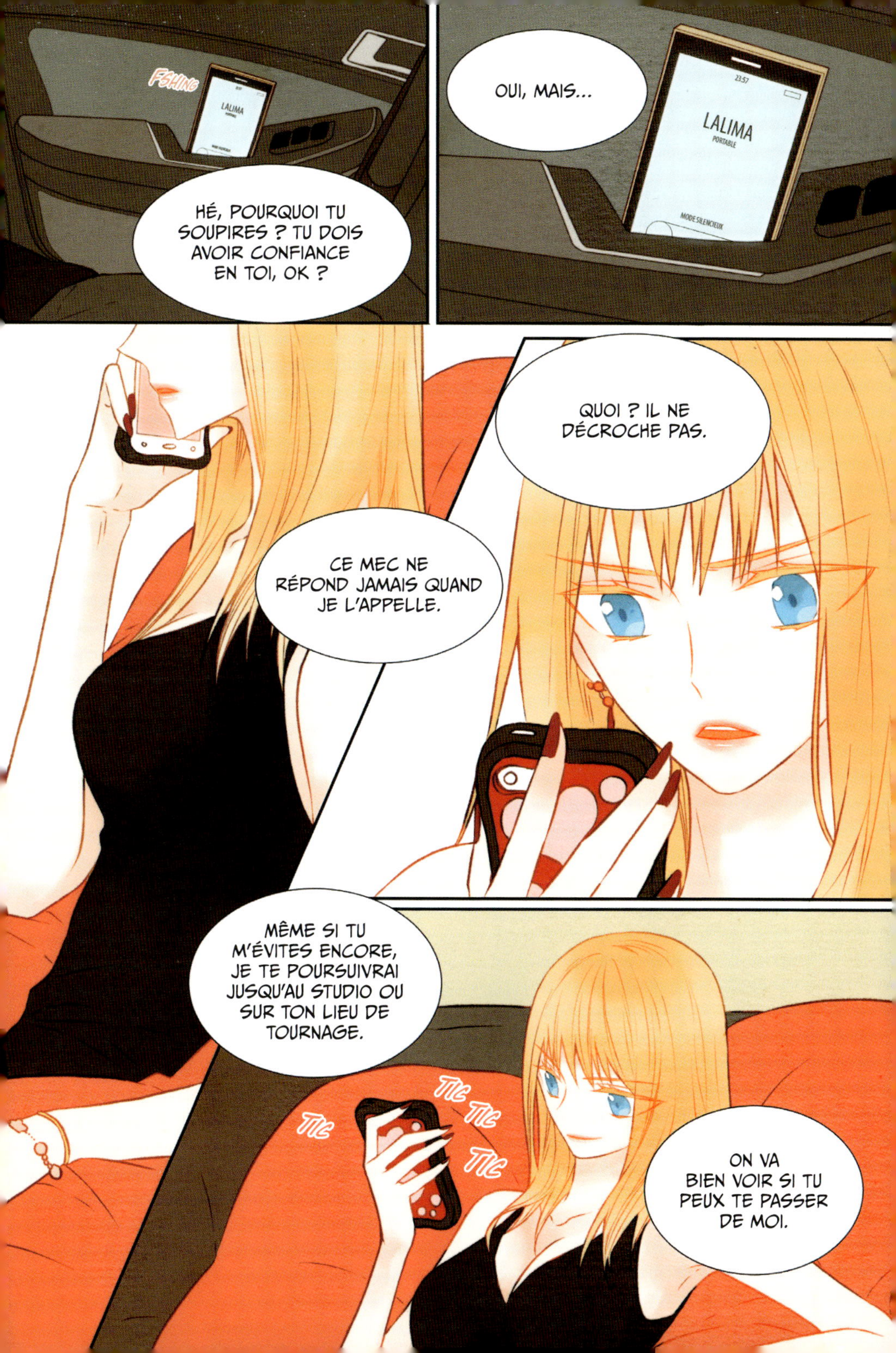
FSHING
HÉ, POURQUOI TU SOUPIRES ? TU DOIS AVOIR CONFIANCE EN TOI, OK ?
OUI, MAIS...
23:57
LALIMA
PORTABLE
MODE SILENCIEUX
QUOI ? IL NE DÉCROCHE PAS.
CE MEC NE RÉPOND JAMAIS QUAND JE L'APPELLE.
MÊME SI TU M'ÉVITES ENCORE, JE TE POURSUIVRAI JUSQU'AU STUDIO OU SUR TON LIEU DE TOURNAGE.
TIC
TIC
TIC
TIC
ON VA BIEN VOIR SI TU PEUX TE PASSER DE MOI.

MAIS AU FAIT, IL PARAÎT QUE LEE MAHA ET LES SHAX FONT LEUR PROMOTION EN MÊME TEMPS...?
DE TOUTE ÉVIDENCE, AVEC UNE ÉQUIPE TALENTUEUSE...
ET UNE STYLISTE RÉPUTÉE AUX COMMANDES, ELLES SONT ENTRE DE BONNES MAINS.
IL EST TELLEMENT SÉRIEUX TOUT À COUP QU'IL ME FAIT PEUR...
♪
RYOK VA PÉTER UN CÂBLE À TOUT LE TEMPS CROISER QUELQU'UN QU'IL NE SUPPORTE PAS. CETTE FIN D'ANNÉE PROMET D'ÊTRE MARRANTE.
Arrête de froncer les sourcils. Tu veux que je te lisse encore le front ?
N-non, ça va...

Partie 2

Imitation

OPPA ! POURQUOI IL EST LÀ LUI AUSSI ?!
TU M'AS MANQUÉ TOI AUSSI, NOONA !
SI JE NE T'AVAIS PAS MENACÉ, TU NE SERAIS PAS VENU. TU PRENDS TELLEMENT SOIN DE TON IMAGE.
NOUS VOIR QUE TOUS LES DEUX N'APPORTERAIT RIEN DE BON. JE N'AI PAS BESOIN D'UN SCANDALE.
DE PLUS, TU M'AS DIT QUE SI JE NE VENAIS PAS, TU VIENDRAIS AU STUDIO... ET VOUS REVOIR TOI ET JAEWOO ENSEMBLE SERAIT CAUCHEMARDESQUE.
MENU
JE COMPTAIS T'ENCOURAGER, EN NOUS VOYANT RIEN QUE TOUS LES DEUX.
TU PEUX LE FAIRE MÊME SI ON EST TROIS. ET TU N'AS PAS BESOIN DE M'ENCOURAGER.

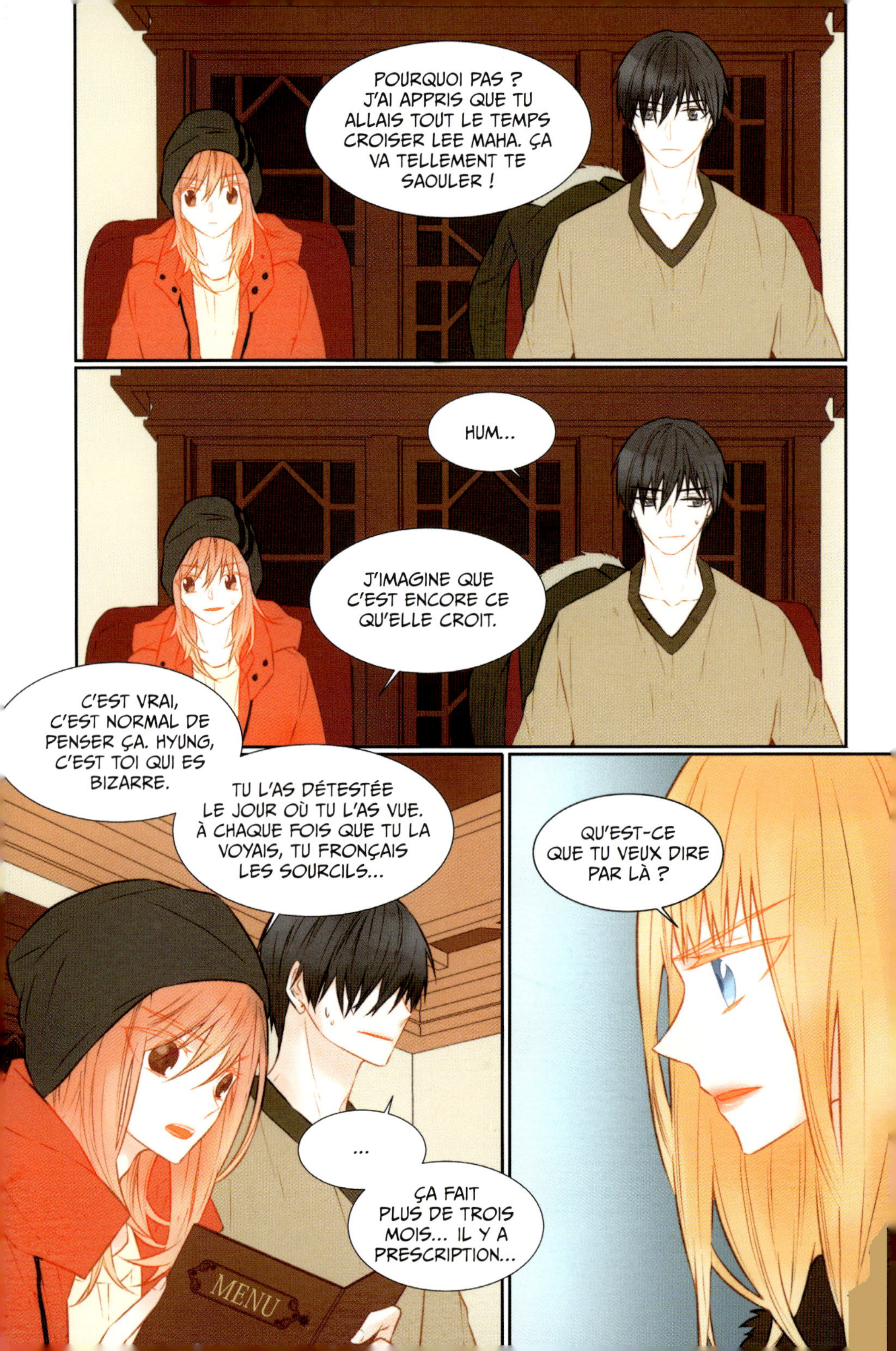
POURQUOI PAS ? J'AI APPRIS QUE TU ALLAIS TOUT LE TEMPS CROISER LEE MAHA. ÇA VA TELLEMENT TE SAOULER !
HUM...
J'IMAGINE QUE C'EST ENCORE CE QU'ELLE CROIT.
C'EST VRAI, C'EST NORMAL DE PENSER ÇA. HYUNG, C'EST TOI QUI ES BIZARRE.
TU L'AS DÉTESTÉE LE JOUR OÙ TU L'AS VUE. À CHAQUE FOIS QUE TU LA VOYAIS, TU FRONÇAIS LES SOURCILS...
...
ÇA FAIT PLUS DE TROIS MOIS... IL Y A PRESCRIPTION...
MENU
QU'EST-CE QUE TU VEUX DIRE PAR LÀ ?

RYOK EST AU TAQUET SUR MAHA MAINTENANT. IL EST SUPER CONTENT DE FAIRE SA PROMO EN MÊME TEMPS QU'ELLE.
POURQUOI EST-CE QUE JE N'ARRÊTE PAS DE RESSEMBLER À LALIMA SUR L'ÉCRAN... POURQUOI...
JE N'ESSAIE MÊME PLUS DE L'IMITER.
ET ALORS ? CE N'EST QU'UN ÉCRAN...
ET PUIS TU NE LUI RESSEMBLES PAS TANT QUE ÇA DANS LA VRAIE VIE.
IL NE RESTE PLUS QUE TROIS SEMAINES, ET JE NE FAIS QUE ME PRENDRE LA TÊTE À FORCE DE ME FAIRE RÉPRIMANDER...
CRRRR
POURQUOI ÇA ? ARRÊTE DE TE PRENDRE LA TÊTE.
C'EST MOI, YOOJIN.
ÇA VALAIT LE COUP DE TE SUIVRE DISCRÈTEMENT POUR TE SURPRENDRE.
GLOUPS

MON DIEU, TU M'AS FAIT PEUR !
ÇA FAISAIT UNE ÉTERNITÉ. COMMENT SAVAIS-TU QU'ON RENTRAIT PAR LÀ ?
AH ÇA... C'EST HYUN-JI QUI ME L'A DIT.
OUAIS. JE LUI AI DIT QUE JE M'INQUIÉTAIS POUR TOI, CAR TU RENTRAIS SEULE CHEZ TOI LE SOIR.
OH, MAIS OUI ! VU QUE VOUS TOURNEZ ENSEMBLE, VOUS DEVEZ BEAUCOUP DISCUTER !
OOH, HYUN-JI... TU T'INQUIÉTAIS POUR MOI ?
ÉVIDEMMENT.

DEPUIS QUE HYUN-JI A FAIT EFFACER LE NUMÉRO DE RYOK, JE NE PEUX M'EMPÊCHER DE SENTIR QUE QUELQUE CHOSE NE VA PAS.
MAIS AU FOND, QU'EST-CE QU'ELLE PENSE ?
C'EST UNE AMIE AIMANTE QUI SE SOUCIE VRAIMENT DE MAHA, COMME MAINTENANT...
IL N'Y A RÉELLEMENT AUCUN PRIX À PAYER POUR CE GENRE DE SACRIFICE ?
QUE DEVRAIS-JE FAIRE ?
Y A-T-IL QUELQUE CHOSE QUE JE PUISSE FAIRE ?
OPPA, TU ES FOU ?!

TU ES TOMBÉ SUR LA TÊTE ?
QU'EST-CE QUI T'A FAIT SUBITEMENT CHANGER D'AVIS ? ÇA N'A AUCUN SENS !
LES ÉMOTIONS NE SONT PAS DES CHOSES QU'ON PEUT LOGIQUEMENT ORGANISER ET CONTRÔLER...
ET EN QUOI ÇA TE REGARDE, DE SAVOIR À QUI JE M'INTÉRESSE ?
ÇA ME REGARDE ! TU SAIS QU'ELLE M'A COPIÉE ! COMMENT PEUX-TU ME FAIRE ÇA ?
JE COMPRENDS QUE TU N'AIMES PAS MAHA. MAIS ÇA N'A RIEN À VOIR AVEC MOI.
ALORS ARRÊTE ÇA, ET MANGEONS.
COMMENT PEUX-TU ME LAISSER TOMBER ET COURIR APRÈS MON IMITATION...?
!

HUM...
?
OPPA, SERAIS-TU CONFUS ?
PAR QUOI ?
TOUTES LES FILLES AVEC QUI TU ES SORTI JUSQU'À MAINTENANT...
ÉTAIENT DES FEMMES DE CARACTÈRE, QUI AVAIENT CONFIANCE EN ELLES.
MAIS CETTE FOIS, C'EST MON IMITATION, LEE MAHA, QUI T'INTÉRESSE...
NE SERAIT-CE PAS MOI QUE TU RECHERCHES PARMI TOUTES CES FEMMES ?

OH... AH OUAIS, HYUNG ?
DANS CE CAS, J'AI DE LA PEINE POUR MAHA...
MAIS AU FAIT, DEPUIS QUAND RYOK A EU DES PETITES COPINES ?
JE CROYAIS QUE JAEWOO FLIQUAIT TOUS LES MEMBRES POUR QU'ILS N'EN AIENT PAS ?
QU'EST-CE QUE TU RACONTES ?
TOUT LE MONDE A DÉJÀ ÉTÉ EN COUPLE SAUF TOI. TU NE LE SAVAIS VRAIMENT PAS ?
OGH ! ALORS SORS AVEC MOI, LALIMA.
QUOI ?!
EST-CE QUE J'AI DÉJÀ PENSÉ À LALIMA... EN VOYANT MAHA ?

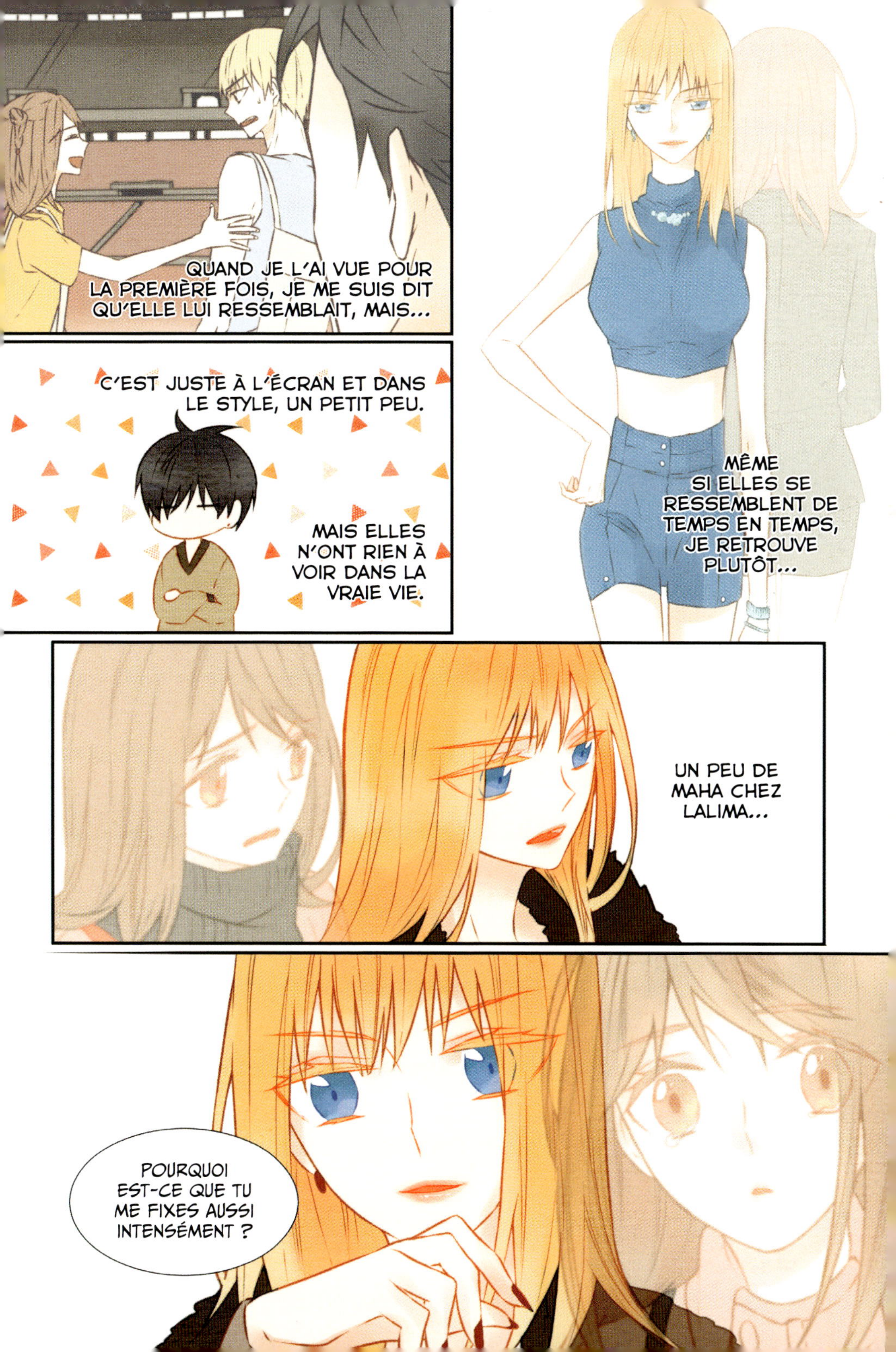
QUAND JE L'AI VUE POUR LA PREMIÈRE FOIS, JE ME SUIS DIT QU'ELLE LUI RESSEMBLAIT, MAIS...
C'EST JUSTE À L'ÉCRAN ET DANS LE STYLE, UN PETIT PEU.
MAIS ELLES N'ONT RIEN À VOIR DANS LA VRAIE VIE.
MÊME SI ELLES SE RESSEMBLENT DE TEMPS EN TEMPS, JE RETROUVE PLUTÔT...
UN PEU DE MAHA CHEZ LALIMA...
POURQUOI EST-CE QUE TU ME FIXES AUSSI INTENSÉMENT ?

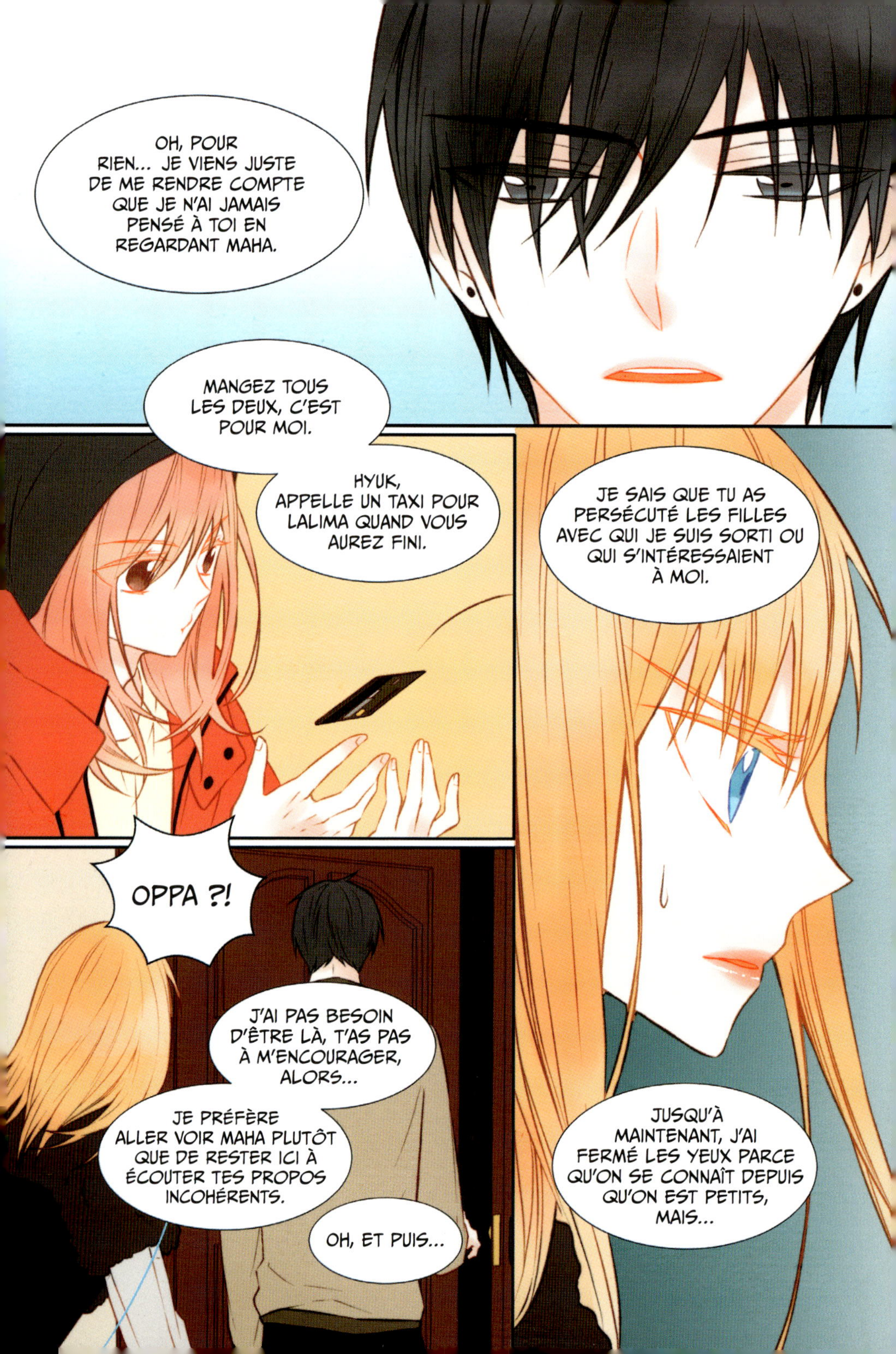
OH, POUR RIEN... JE VIENS JUSTE DE ME RENDRE COMPTE QUE JE N'AI JAMAIS PENSÉ À TOI EN REGARDANT MAHA.
MANGEZ TOUS LES DEUX, C'EST POUR MOI.
HYUK, APPELLE UN TAXI POUR LALIMA QUAND VOUS AUREZ FINI.
JE SAIS QUE TU AS PERSÉCUTÉ LES FILLES AVEC QUI JE SUIS SORTI OU QUI S'INTÉRESSAIENT À MOI.
OPPA ?!
J'AI PAS BESOIN D'ÊTRE LÀ, T'AS PAS À M'ENCOURAGER, ALORS...
JE PRÉFÈRE ALLER VOIR MAHA PLUTÔT QUE DE RESTER ICI À ÉCOUTER TES PROPOS INCOHÉRENTS.
OH, ET PUIS...
JUSQU'À MAINTENANT, J'AI FERMÉ LES YEUX PARCE QU'ON SE CONNAÎT DEPUIS QU'ON EST PETITS, MAIS...

NE T'AVISE PAS DE FAIRE DU MAL À MAHA.
VLAM

ELLE NE RÉPOND PAS.
MAHA M'AURA TOUT FAIT FAIRE. VOILÀ QUE JE ME METS À ATTENDRE DEVANT LA MAISON D'UNE FILLE.
JE NE PRÉFÈRE PAS IMAGINER CE QUE JAEWOO FERAIT S'IL L'APPRENAIT.
JE N'ARRIVE PAS À JOINDRE MAHA, JE SUIS DE MAUVAISE HUMEUR À CAUSE DE LALIMA...
"TU ES TOMBÉ SUR LA TÊTE ? QU'EST-CE QUI T'A FAIT SUBITEMENT CHANGER D'AVIS ? ÇA N'A AUCUN SENS !"

ET SI JE RENTRAIS ME REPOSER ? TOUT ÇA NE ME RESSEMBLE PAS.
QUOI...? JE ME DEMANDAIS POURQUOI ELLE NE ME RÉPONDAIT PAS.
Un bonbon au riz brun ? ça faisait un bail que je n'en avais plus vu !
Je l'ai eu dans un restaurant.
EST-CE QU'IL VIENT SOUVENT CHEZ ELLE COMME ÇA ?

CE MEC DE SPARKLING... IL EST DOUÉ POUR LUI TOURNER AUTOUR.
JE SORS LES INTERROMPRE ?
FWIP
MAIS SI JE PERDS MON SANG-FROID, EST-CE QUE JE NE VAIS PAS ENCORE EFFRAYER MAHA ?
Pfff
MAINTENANT QU'ELLE A UN PEU MOINS PEUR DE MOI...
ELLE N'A JAMAIS SOURI DE CETTE FAÇON AVEC MOI.

COMBIEN DE TEMPS ÇA VA PRENDRE AVANT QU'ON PUISSE RIRE ENSEMBLE COMME ÇA ?
ÇA M'ÉNERVE, MAIS JE FERAIS MIEUX DE LAISSER TOMB...
POF
!!
TU VEUX RIRE ?!
C'EST PAS LE MOMENT DE BATTRE EN RETRAITE ET DE LAISSER CET ENFOIRÉ FAIRE CE QUI LUI CHANTE !
POURQUOI TU POSES TES SALES PATTES SUR ELLE ?!
NOONA, TU VAS POUVOIR FINIR TOUT ÇA ?
LA CÉRÉMONIE DE FIN D'ANNÉE EST POUR BIENTÔT...

JE VAIS EN COMMANDER PLUS ENCORE, ET MÊME UNE BOUTEILLE D'ALCOOL TRÈS CHÈRE.
IL VA PAYER POUR M'AVOIR CONTRARIÉE, ET POUR NOUS AVOIR JETÉ SA CARTE BLEUE À LA FIGURE.
WOW... C'EST PAS TRÈS COOL, TU SAIS.
QUOI ?
J'AIME BIEN LA LALIMA TRÈS SÛRE D'ELLE, MAIS PAS CELLE QUI AGIT COMME UNE LOSEUSE À CAUSE DE RYOK.
SOIS COOL, ZEN ! Y A PLEIN D'AUTRES MECS DE TOUTE FAÇON, NON ?
TU CROIS QUE LES HOMMES COMME RYOK COURENT LES RUES ?
ON DIRAIT UNE RÉPLIQUE TOUT DROIT SORTIE D'UN FILM.

J'AI ÉTÉ COOL, COMME TU DIS, AVEC TOUTES SES EX.
JE NE SUIS PAS PRESSÉE, JE SAIS QU'IL REVIENDRA TÔT OU TARD VERS MOI.
Tu connais quelqu'un qui a autant de qualités que moi ?
NOONA, T'AS TELLEMENT CONFIANCE EN TOI. HÉ HÉ HÉ HÉ HÉ...
DONC PLUS IL SORT AVEC DES FILLES DE HAUT NIVEAU, PLUS ÇA ME PLAÎT.
PUISQUE JE SERAI LA CERISE SUR LE GÂTEAU À LA FIN.
TU CROIS QUE CES FILLES ONT SOURCILLÉ QUAND J'AI ÉTÉ MAUVAISE AVEC ELLES ?
ALORS COMME ÇA, IL A FERMÉ LES YEUX PARCE QU'ON EST DES AMIS D'ENFANCE ? IL N'A SURTOUT RIEN FAIT PARCE QU'ELLES N'AVAIENT PAS BESOIN QU'IL VOLE À LEUR SECOURS.

MAIS MAHA N'A PAS LES ÉPAULES POUR ÇA, ALORS IL LA DÉFEND.
ELLE A ATTERRI DANS LE MONDE DU SHOWBIZ SANS AUCUN TALENT, ET N'A FAIT QU'IMITER BÊTEMENT LES AUTRES...
EN CHOUINANT ET EN SE FAISANT PASSER POUR UNE FAIBLE, POUR PLAIRE AUX HOMMES.
C'EST LA PIRE CHOSE QUE RYOK POUVAIT ME FAIRE. TU SAISIS ?
WOUAH, ELLE ME FOUT LA CHAIR DE POULE...
MAHA, TU N'AS PAS À FUIR LE PAYS QUAND MÊME...?
VOUS N'AVEZ PAS PEUR DE VOUS FAIRE PRENDRE PAR DES PAPARAZZIS TOUS LES DEUX ?
!

S-SUNBAENIM ?! SALUT !
CLAC
NE ME SALUE PAS, TOI.
MAHA, POURQUOI TU NE RÉPONDS PAS AU TÉLÉPHONE ?
OGH ?! TU M'AS APPELÉE ? DÉSOLÉE !
APPELÉE ?
HÉ, SPARKLING MACHIN. TANT QUE TON VISAGE À TOI EST COUVERT, Y A PAS DE PROBLÈME, C'EST ÇA ?
QU'Y A-T-IL DE MAL À SE FAIRE PHOTOGRAPHIER ? ON NE FAISAIT RIEN DE MAL.
AH OUAIS ? VOUS NE FAISIEZ RIEN DE MAL ?

DE TON POINT DE VUE, Y A RIEN DE MAL À FAIRE ÇA ? AH OUAIS ?
POF
!
...
Hé hé...
QUAND IL MET LA MAIN SUR TON ÉPAULE, TU NE RÉAGIS PAS, MAIS MOI TU M'ÉVITES ?
HIII !
GWAK
GWAK
...
WHOOOSH

HEIN...?
J-JE NE T'ÉVITE PAS...
JE NE SAIS PAS POURQUOI, MAIS... ON DIRAIT QUE MAHA REGARDE RYOK DIFFÉREMMENT PAR RAPPORT À AVANT...
DE PLUS, JE CROYAIS QUE HYUN-JI AVAIT SUPPRIMÉ LE NUMÉRO DE RYOK AVEC MAHA.
TU MENS ENCORE, MAHA ?
DEPUIS QUAND EST-CE QU'IL L'APPELLE MAHA...
ET PAS LEE MAHA ?

JE NE SAIS PAS CE QUI SE PASSE, MAIS ÇA NE PEUT PAS RESTER COMME ÇA.
SUNBAENIM.
JE CROIS QUE ÇA NE PLAÎT PAS À MAHA, DONC LAISSE-LA TRANQUILLE.
TU DEVIENS TRÈS FAMILIER QUAND TU ME VOIS, TU NE TROUVES PAS ?
POUR ÊTRE TOUT À FAIT HONNÊTE, SUNBAENIM...
TOUT CE QUE JE VOIS, C'EST UN HOMME EN TRAIN DE MOLESTER UNE JEUNE FEMME.

BOUCHE B E...
FWIP
ÇA RESSEMBLE À ÇA, LE HARCÈLEMENT SEXUEL ?
OH, MAIS...
JE SUIS DÉSOLÉ DE M'ADRESSER DE CETTE FAÇON À UN AÎNÉ *CINQ ANS PLUS VIEUX* QUE MOI.
JE FERAIS PLUS ATTENTION DORÉNAVANT. TU AS *CINQ ANS DE PLUS QUE NOUS*, APRÈS TOUT.
CINQ ANS
PLUS VIEUX

WOW ! CINQ ANS, C'EST UNE SACRÉE DIFFÉRENCE D'ÂGE !
SANS AUCUNE
ARRI RE-PENS E
N'EST-CE PAS ? IL ÉTAIT AU LYCÉE QUAND ON ÉTAIT À L'ÉCOLE PRIMAIRE.
CLING
CLING
WOUAH...! INCROYABLE...!
QU'EST-CE QU'IL Y A D'INCROYABLE AU JUSTE...?
C'EST QUOI LE PROBLÈME AVEC MON ÂGE...
C'EST VRAIMENT UNE SALE JOURNÉE...
LE DÉTAIL DU PAIEMENT PAR CARTE DE LALIMA ET HYUK.
[DÉBIT] CARTE DK 3*1* KWON RYOK 11/28 23:25 1 534 €
DING

Partie 3

Imitation

UN AÎNÉ QUI A CINQ ANS DE PLUS QUE MAHA.
DANS LE FEU DE L'ACTION...
J'AI DIT À VOIX HAUTE QUELQUE CHOSE QUE JE N'AURAIS JAMAIS DÛ DIRE.
IL EST CONNU POUR SON SALE CARACTÈRE, ALORS J'ESPÉRAIS QU'IL S'ÉNERVERAIT ET PARTIRAIT...
ET QU'IL LAISSERAIT MAHA TRANQUILLE, MAIS...

YOOJIN, C'EST ÇA... ?
Haaa
ÉCOUTE, ÇA ME FATIGUE, MAIS JE NE SAIS PAS QUOI TE DIRE.
PAR CONTRE, LES PAPARAZZIS EXISTENT BEL ET BIEN, ALORS RENTRONS DANS LA VOITURE.
YOOJIN AUSSI ?
TU VEUX QUE JE LE RAMÈNE ?
N-NON ! CE N'EST PAS CE QUE JE VOULAIS DIRE, MERCI...
C'EST TON AMI QUI DEVRAIT ME REMERCIER, PAS TOI.
ALORS ? TU NE VIENS PAS ?
JE L'AI ATTAQUÉ SUR NOTRE DIFFÉRENCE D'ÂGE...
ET IL A RÉPONDU AVEC UNE MATURITÉ DÉCONCERTANTE...

CE QUI M'A DONNÉ LE SENTIMENT D'AVOIR PERDU...
YOOJIN, ÇA NE TE DÉRANGE PAS DE VENIR AUSSI SOUVENT ?
NON... MAIS JE NE POURRAI PLUS À PARTIR DE DEMAIN, À CAUSE DES RÉPÉTITIONS POUR LE SHOW DE FIN D'ANNÉE...
AU FAIT... TU N'AVAIS PAS SUPPRIMÉ LE NUMÉRO DE RYOK ?
OGH !
MERCI. JE PENSE QUE JE DEVRAIS LE DIRE À HYUN-JI ET À LIA AUSSI, MAIS...
NE T'EN FAIS PAS. JE N'AI DIT À PERSONNE QUE JE L'AVAIS VU.
NOTRE AGENCE SEMBLE HAÏR LES SHAX AU PLUS HAUT POINT ACTUELLEMENT...

MAHA. EN VÉRITÉ, JE SUIS INQUIET. J'AI PEUR QU'IL SOIT ENCORE MÉCHANT AVEC TOI.
JE CROIS QUE SA MANIÈRE DE PARLER... EST FACILE À MAL INTERPRÉTER.
MAIS IL N'EST PAS AUSSI MAUVAIS QUE CE QUI SE DIT.
ALORS NE T'INQUIÈTE PAS.
JE NE CROIS PAS QU'IL SOIT DU GENRE À DIRE DES MÉCHANCETÉS À DES GENS QUI N'ONT RIEN FAIT DE MAL.
JE NE SAIS PAS GRAND-CHOSE DE LUI, JE LE RESSENS, C'EST TOUT !

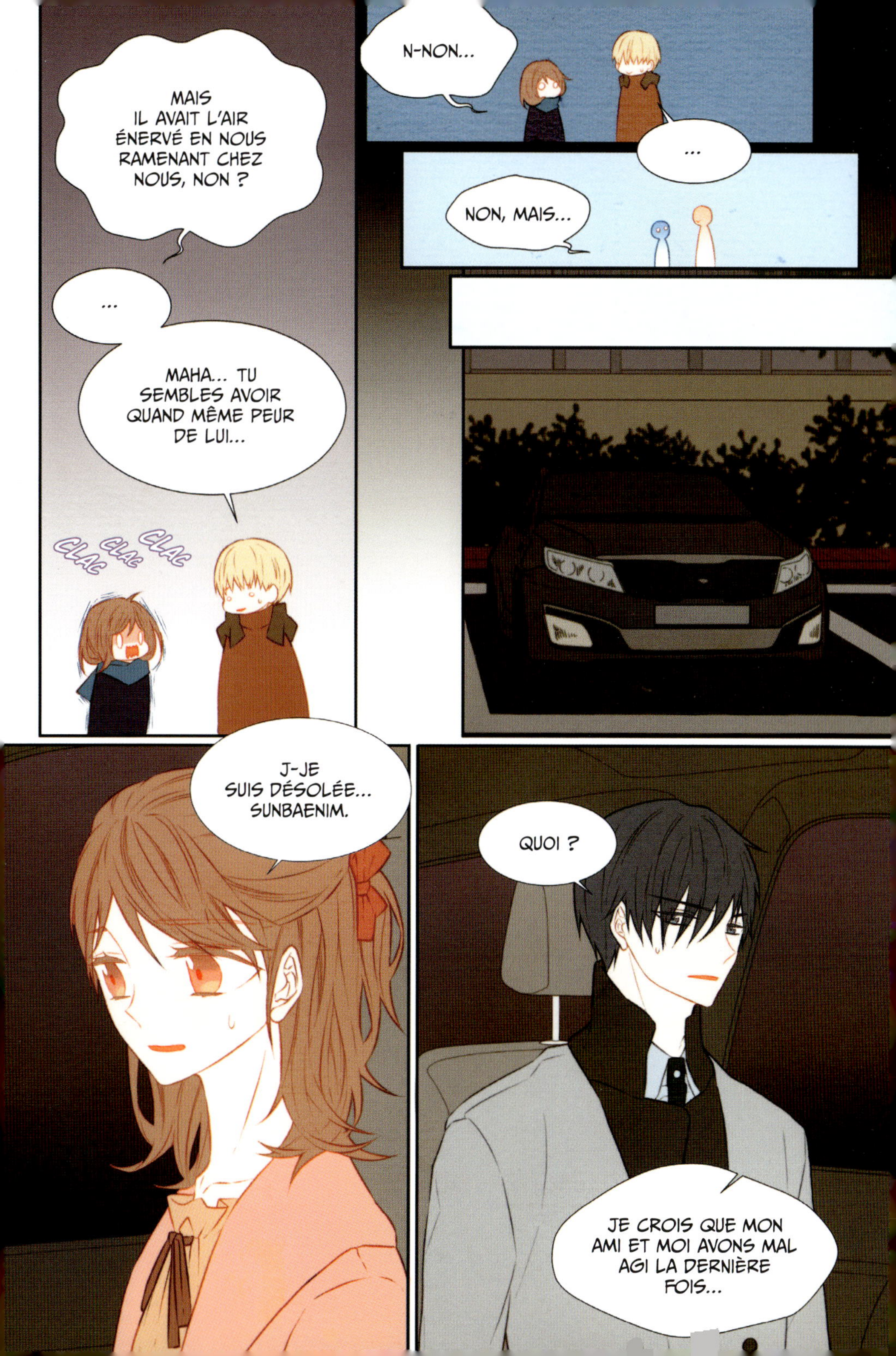
MAIS IL AVAIT L'AIR ÉNERVÉ EN NOUS RAMENANT CHEZ NOUS, NON ?
N-NON...
...
NON, MAIS...
...
MAHA... TU SEMBLES AVOIR QUAND MÊME PEUR DE LUI...
CLAC CLAC CLAC
J-JE SUIS DÉSOLÉE... SUNBAENIM.
QUOI ?
JE CROIS QUE MON AMI ET MOI AVONS MAL AGI LA DERNIÈRE FOIS...

POURQUOI TU T'EXCUSES POUR ÇA ?
TU AVAIS L'AIR EN COLÈRE L'AUTRE JOUR ET...
AH, ÇA.
HYUK, CE SALE GOSSE, A DÉPENSÉ 1 500 € AVEC MA CARTE DE CRÉDIT.
1 500 € ?!
IL A COMMANDÉ UNE BOUTEILLE D'ALCOOL À 1130€.
JAEWOO L'A SALEMENT RÉPRIMANDÉ POUR ÇA.
UN MINEUR* QUI BOIT DE L'ALCOOL ?
LA PUNITION LA PLUS EMBARRASSANTE POUR L'HOMME VIRIL QU'EST HYUK.
*En Corée du Sud, l'âge de la majorité est à 19 ans
1 130 €...
D'ALCOOL...
WOW.
C'EST LALIMA QUI A DÛ LA COMMANDER MAIS BON...

INCROYABLE !
QU'EST-CE QUI EST INCROYABLE AU JUSTE ?
ON DIRAIT UN RICHE ADULTE.
J'AI L'IMPRESSION D'ÊTRE UN VIEUX TOUT À COUP...
Je veux gagner beaucoup d'argent aussi.
JE ME DEMANDAIS COMMENT LUI FORMULER DES EXCUSES AU SUJET DE CETTE HISTOIRE DE HARCÈLEMENT SEXUEL...
25 ANS, CE N'EST PAS SI VIEUX QUE ÇA.
MAIS MAHA N'A PAS L'AIR DE S'EN PRÉOCCUPER...
OH, MAINTENANT QUE J'Y PENSE... TU ME DÉPOSES TOUJOURS EN VOITURE...
...
ELLE N'A MÊME PAS RELEVÉ.

AMERICA
ET JE N'AI PAS BEAUCOUP D'ARGENT, MAIS JE T'AI PRIS ÇA... À LA SUPÉRETTE...
TU AS ACHETÉ ÇA POUR MOI ?
J-JE LE SAVAIS, C'EST TROP PEU, HEIN...?
ELLE L'A CHOISI EXPRÈS, EN PENSANT À MOI ? POURQUOI EST-ELLE SI MIGNONNE ?
J'ÉTAIS FATIGUÉ, ÇA TOMBE À PIC.
VRAIMENT ?
ENFIN, POURQUOI ES-TU SI GENTILLE AUJOURD'HUI ?

AH.
?
JE NE VOULAIS PAS TE TOUCHER, JE NE SAIS PAS POURQUOI J'AI... RAAH, SÉRIEUX...
!
JE M'EN DOUTAIS, IL S'INQUIÈTE À CAUSE DE CE QU'A DIT YOOJIN SUR LE HARCÈLEMENT SEXUEL...?
TU VOULAIS ME CARESSER LA TÊTE...?
HEIN ? EUH... OUAIS...
"IL N'Y A PAS PLUS JOLIE QUE NOTRE MAHA CHÉRIE..."

MON PÈRE L'AVAIT FAIT UNE FOIS, C'EST AGRÉABLE.
C'ÉTAIT UNE ATTENTION, C'EST ÇA...? JE N'AI RIEN CONTRE.
MERCI POUR LE CAFÉ.
OK.

LA PROCHAINE FOIS, C'EST À L'ÉMISSION DE MUSIQUE QU'ON SE VERRA.
OUI...
SALUE BIEN TOUT LE MONDE EN ALLANT DANS LES LOGES. ET NE SOIS PAS TRISTE SI JE NE TE DIS RIEN.
OUI. TU PEUX NE PAS ME PARLER, JE NE SERAI PAS TRISTE !
...
Q-QUOI ? J'AI DIT QUELQUE CHOSE QU'IL NE FALLAIT PAS...?
NON. RIEN, RIEN.
MKS
JE PENSAIS QUE MAHA SERAIT TOUT AGITÉE, MAIS NON. ELLE A L'AIR EXPÉRIMENTÉE POUR UNE DÉBUTANTE...

ELLES ONT DES NOUVEAUX INVESTISSEURS ET UNE ÉQUIPE BRILLANTE, CE QUI ATTIRE L'ATTENTION DES GRANDES AGENCES.
LA RÉPÉTITION DES TEA PARTY VA COMMENCER !
ON COMPTE SUR VOUS !
VONT-ELLES ÊTRE UNE MENACE POUR NOUS, OU UN MAUVAIS INVESTISSEMENT ?

HÉ... MAHA A L'AIR D'Y PRENDRE DU PLAISIR, MAIS ELLE N'A PAS BEAUCOUP DE PRÉSENCE SUR SCÈNE.

LES DEUX AUTRES SE DÉMARQUENT PAR CONTRE.
C'EST SURPRENANT, ELLES ONT UNE BONNE CHANTEUSE. JE NE M'Y ATTENDAIS PAS DU TOUT.
OÙ ÉTAIT-ELLE CACHÉE TOUT CE TEMPS ? ELLE ARRIVE MÊME À FAIRE TOUTES LES NOTES SUPER AIGUËS.
JE CROIS QUE LEUR INVESTISSEMENT EN VAUT LA PEINE.
MAIS JE SENS QUE C'EST INSUFFISANT POUR QU'ELLES SOIENT UNE MENACE POUR NOUS.

LOGE
SHAX
MUSIC World
~Planning d'aujourd'hui~
p tition
Pause : maquillage, coiffure
En lage de tenues
Saluer l' quipe
R p tition avec cam ras
ÉMISSION EN DIRECT
WOUAH ! CE SONT DES TENUES COUSUES MAIN ?!
OUI...
VOUS ÊTES TROP JOLIES !
DÉFAITE
TU L'ES BIEN PLUS QUE NOUS...

C'EST QUOI TON NOM ? T'AS SUPER BIEN CHANTÉ.
BLA BLA
BLA BLA
JE VAIS ASSISTER À VOTRE RÉPÉTITION AVEC CAMÉRAS.
MERCI BEAUCOUP, KANG LEE-HYUN SUNBAENIM. JE M'APPELLE YOO RI-AH.
MOI AUSSI, SOO-HYUN OPPA.
"NE SOIS PAS TRISTE SI JE NE TE DIS RIEN."
ZZZ
CE N'EST PAS DUR DE FAIRE COMME SI ON NE SE CONNAISSAIT PAS.
"TU PEUX NE PAS ME PARLER, JE NE SERAI PAS TRISTE !"

IL A L'AIR FATIGUÉ, ÇA ME FAIT DE LA PEINE... JE PENSAIS QUE ÇA NE ME FERAIT RIEN...
MAIS POURQUOI JE ME SENS UN PEU TRISTE ?
HYUNG ! RÉVEILLE-TOI !
HÉ MEC, LAISSE RYOK DORMIR.
HYUNG, TU NE VEUX PAS ALLER VOIR LA RÉPÉTITION DE MAHA ?
OUAIS, JE ME LÈVE.
CRAAC
Aïe...

MAHA, N'AIE PAS L'AIR TROP SEXY.
HOCHE
TU NE DOIS PAS RESSEMBLER À LALIMA. TU LE SAIS, N'EST-CE PAS ?
HOCHE
LA RÉPÉTITION DES TEA PARTY VA COMMENCER !
ON COMPTE SUR VOUS !
OOH, ÇA COMMENCE.
TAC

WOUAAH !
OOOOH...

JE CROYAIS QU'ELLES AVAIENT DES TENUES MIGNONNES, MAIS C'EST SEXY EN FAIT, NON ?
...
LA FILLE QUI DANSAIT BIZARREMENT...
EST DEVENUE PLUTÔT DOUÉE MAINTENANT.
QUELQUES MOIS PLUS TÔT...
ELLE A DÛ BEAUCOUP TRAVAILLER.

C'EST RYOK.
TU T'INQUIÉTAIS POUR MAHA, MAIS ÇA A L'AIR D'ALLER, PAS VRAI ? ELLE A MÊME UN JOLI SOURIRE.
J'IMAGINE QU'ELLE ÉTAIT FAITE POUR ÊTRE SUR SCÈNE. ELLE NE SOURIAIT PAS COMME ÇA PENDANT LA RÉPÉTITION.
RYOK...
A LA MÊME EXPRESSION QUE LA DERNIÈRE FOIS...

SI ÇA SE PASSE COMME ÇA, IL N'Y AURA AUCUN PROBLÈME LORS DU DIRECT.
IL SOURIT POUR MOI.
BIEN SÛR... J'ESPÈRE QU'IL N'Y EN AURA PAS, MAIS...
LE PROCHAIN GROUPE, PRÉPAREZ-VOUS !
JE NE CROIS PAS QUE TOUT SE PASSERA COMME PRÉVU, M. LE PRODUCTEUR.

LOGE
TEA PARTY
MUSIC World
VOUS NE POUVEZ PAS CHANTER CORRECTEMENT ?!
VOS VISAGES ! TENEZ-VOUS DROITES !
ET POURQUOI VOUS N'ARTICULEZ PAS ?!
LES FILLES, SORTONS D'ICI.
QU'EST-CE QUI LEUR ARRIVE ?
LEUR RÉPÉTITION NE S'EST PAS BIEN PASSÉE, ALORS ELLES SE FONT REPRENDRE.
MAIS NE VOUS LAISSEZ PAS ABATTRE PAR L'ATMOSPHÈRE AMBIANTE. VOUS AVEZ ÉTÉ COMPLIMENTÉES, RESTEZ CONFIANTES.
ESTIMEZ-VOUS CHANCEUSES. ÇA NE VOUS ARRIVERA PAS, IL N'Y A QUE VOUS TROIS À L'AGENCE...
LE GROUPE ZEO RISQUE DE VOIR SES MEMBRES CHANGER, OU D'ÊTRE DISSOUS.

AU FAIT, OÙ ALLONS-NOUS ?
ILS ONT DÉJÀ DÛ COMMENCER...
LE PRÉ-ENREGISTREMENT DES SHAX.

NORMALEMENT, ILS LE FONT PLUS TÔT QUE ÇA, MAIS ILS ONT DÛ LE REPOUSSER À CAUSE DU PLANNING DE KWON RYOK.
LES FANS DES SHAX VONT ME DÉTESTER...!
GLOUPS
Hi hi
LES AUTRES GROUPES AUSSI SE SONT PRÉCIPITÉS POUR LES VOIR.
Fiert de la fan-base des SHAX
Woah
LES CÉLÉBRITÉS AUSSI AIMENT NOS SHAX...♡
MAHA, TU VOIS OU PAS ?!
COMME ILS SUIVENT BIEN LA CAMÉRA DU REGARD, COMME ILS BOUGENT, LEUR PRÉSENCE SCÉNIQUE, LEUR CONCENTRATION.
CE SONT LES MEILLEURS IDOLS DE CORÉE ACTUELLEMENT, ALORS REGARDE ET PRENDS-EN DE LA GRAINE !

IL N'ÉTAIT PAS FÂCHÉ,
ET IL M'A SOURI.
WOW, TELLEMENT COOL...
EST-CE QU'IL
ME FÉLICITERA SI JE
RÉUSSIS LE DIRECT ?
EN DIRECT
VOUS AVEZ
FAIT N'IMPORTE QUOI
EN DIRECT ET VOUS
OSEZ PLEURER ?!

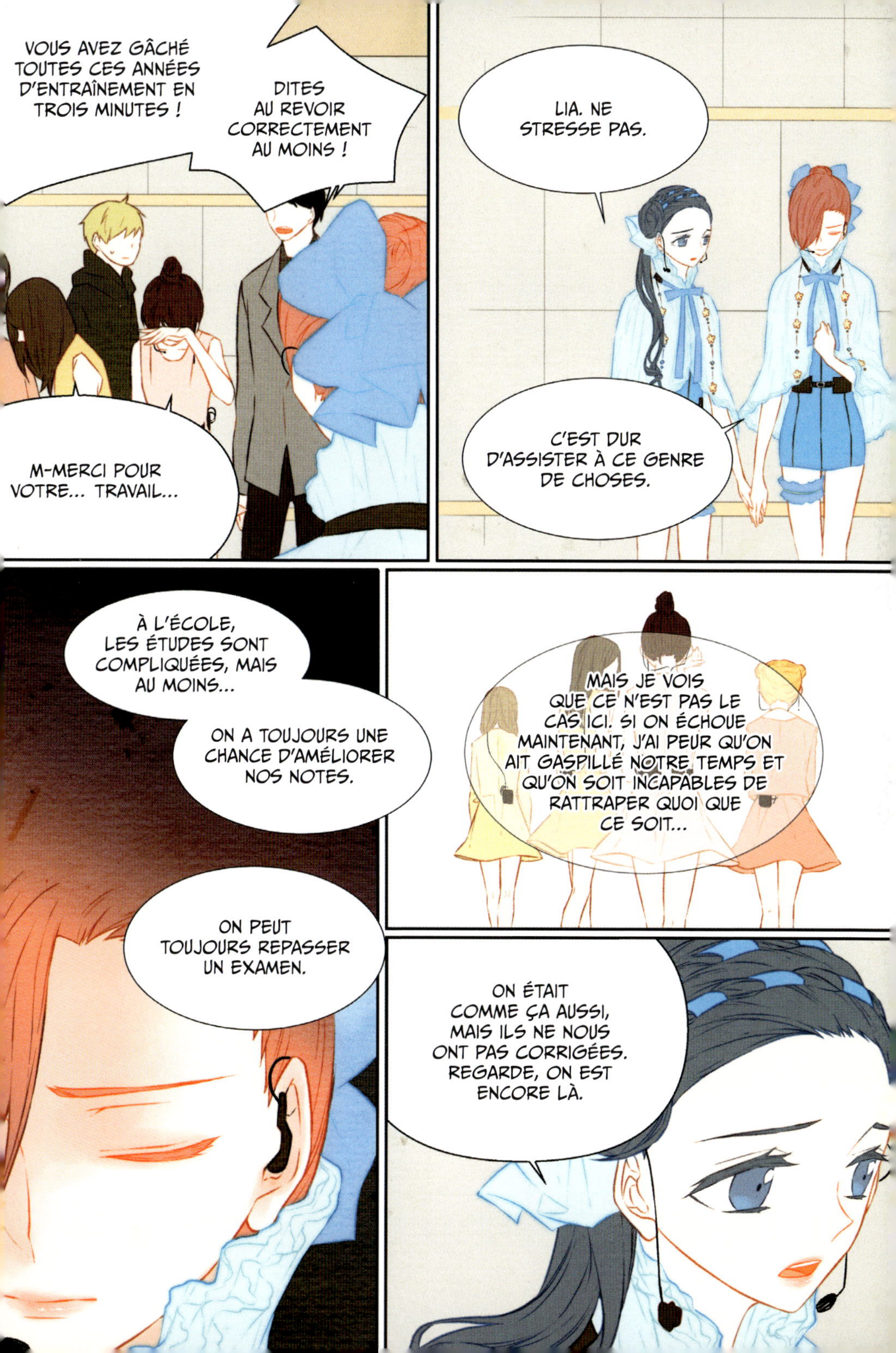
VOUS AVEZ GÂCHÉ TOUTES CES ANNÉES D'ENTRAÎNEMENT EN TROIS MINUTES !
DITES AU REVOIR CORRECTEMENT AU MOINS !
M-MERCI POUR VOTRE... TRAVAIL...
LIA. NE STRESSE PAS.
C'EST DUR D'ASSISTER À CE GENRE DE CHOSES.
À L'ÉCOLE, LES ÉTUDES SONT COMPLIQUÉES, MAIS AU MOINS...
ON A TOUJOURS UNE CHANCE D'AMÉLIORER NOS NOTES.
ON PEUT TOUJOURS REPASSER UN EXAMEN.
MAIS JE VOIS QUE CE N'EST PAS LE CAS ICI. SI ON ÉCHOUE MAINTENANT, J'AI PEUR QU'ON AIT GASPILLÉ NOTRE TEMPS ET QU'ON SOIT INCAPABLES DE RATTRAPER QUOI QUE CE SOIT...
ON ÉTAIT COMME ÇA AUSSI, MAIS ILS NE NOUS ONT PAS CORRIGÉES. REGARDE, ON EST ENCORE LÀ.

HYUN-JI A RAISON. FINALEMENT, TOUT LE MONDE PEUT Y ARRIVER.
TU ES LA CHANTEUSE PRINCIPALE. QU'ALLONS-NOUS FAIRE SI TU FLANCHES MAINTENANT ?
NON, JE VAIS BIEN.
TEA PARTY, PRÉPAREZ-VOUS.
MAHA, TOI AUSSI ! LE DIRECT EST BIEN PLUS IMPORTANT QUE LA RÉPÉTITION, TU LE SAIS, PAS VRAI ? SOURIS COMME TU L'AS FAIT !
OUI !
SUR CE CHEMIN SOMBRE QUI MÈNE À LA SCÈNE...
NOTRE ÉCHEC D'UN AN PLUS TÔT, NOTRE DÉSESPOIR ET NOS LARMES VERSÉES À CAUSE DES MÉCHANCETÉS DES AUTRES GROUPES...

ET DES PLAINTES DES ÉQUIPES DE TOURNAGE... TOUT S'EST ENVOLÉ.
"JE SUIS FATIGUÉE D'ENTENDRE CES POURRIS. ILS SONT AIGRIS PARCE QU'ILS GAGNENT UNE MISÈRE. ON NE FAIT QUE POURSUIVRE NOTRE RÊVE..."
LA SCÈNE ÉTAIT CRUELLEMENT ÉTINCELANTE, BÂTIE SUR LES RÊVES ET LES LARMES DE TOUS CEUX QUI AVAIENT POURSUIVI LEUR RÊVE.
UNE SEULE PHOTO ! DIX MINUTES D'APPARITION DANS UN DRAMA !
SEULEMENT CEUX QUI AVAIENT SURVÉCU À CETTE PRESSION...
DANS L'ÉMISSION D'AUJOURD'HUI, UN RÊVE MAGNIFIQUE DE CENDRILLON DE TROIS MINUTES !
L'ATTENTION, L'AMOUR, LES ÉLOGES...

CEUX-LÀ AURAIENT TOUT !
HYUN-JI ET LIA SE DÉMARQUENT IMMÉDIATEMENT, ON VOIT LE FRUIT DE NOTRE INVESTIS-SEMENT.
C'EST INNÉ, ELLES SONT NÉES POUR ÇA.
INTERPRÉTÉ PAR TEA PARTY : "PANTOUFLES DE VERRE" !
MAIS MAHA, QUE JE TROUVAIS POURTANT MIGNONNE COMME TOUT, EST PLUTÔT BANALE.
QUAND ELLE ARRÊTE D'IMITER LALIMA, ELLE TEND À S'EFFACER SUR SCÈNE.
AVOIR UNE IMAGE MIGNONNE NE SUFFIT PAS POUR MARQUER LES ESPRITS.
DONC, J'AI OBSERVÉ MAHA... ET MA CONCLUSION...

C'EST QU'ELLE FAIT TOUT POUR AVOIR DE L'ATTENTION, MAIS QU'ELLE IGNORE COMMENT S'Y PRENDRE.
ÇA PEUT PARAÎTRE BIZARRE, MAIS C'EST EXACT.
JE ME DEMANDAIS À QUI SA PERSONNALITÉ ME FAISAIT PENSER...
ET C'EST À L'ANCIEN MEMBRE DES SHAX, LEE EUNJO.
IL AVAIT UNE FORTE PRÉSENCE SCÉNIQUE ET ÉTAIT TRÈS POPULAIRE, MAIS IL ÉTAIT DU GENRE ÉMOTIF ET LARMOYANT DANS LES ÉMISSIONS DE DIVERTISSEMENT.
LE PUBLIC A L'IMAGE D'UNE MAHA FORTE ET CHARISMATIQUE COMME LALIMA.
LORSQU'IL SE RENDRA COMPTE DU FOSSÉ QU'IL Y A ENTRE CETTE IMAGE ET SON INNOCENCE, CE SERA LE DÉBUT D'UNE NOUVELLE ÈRE.

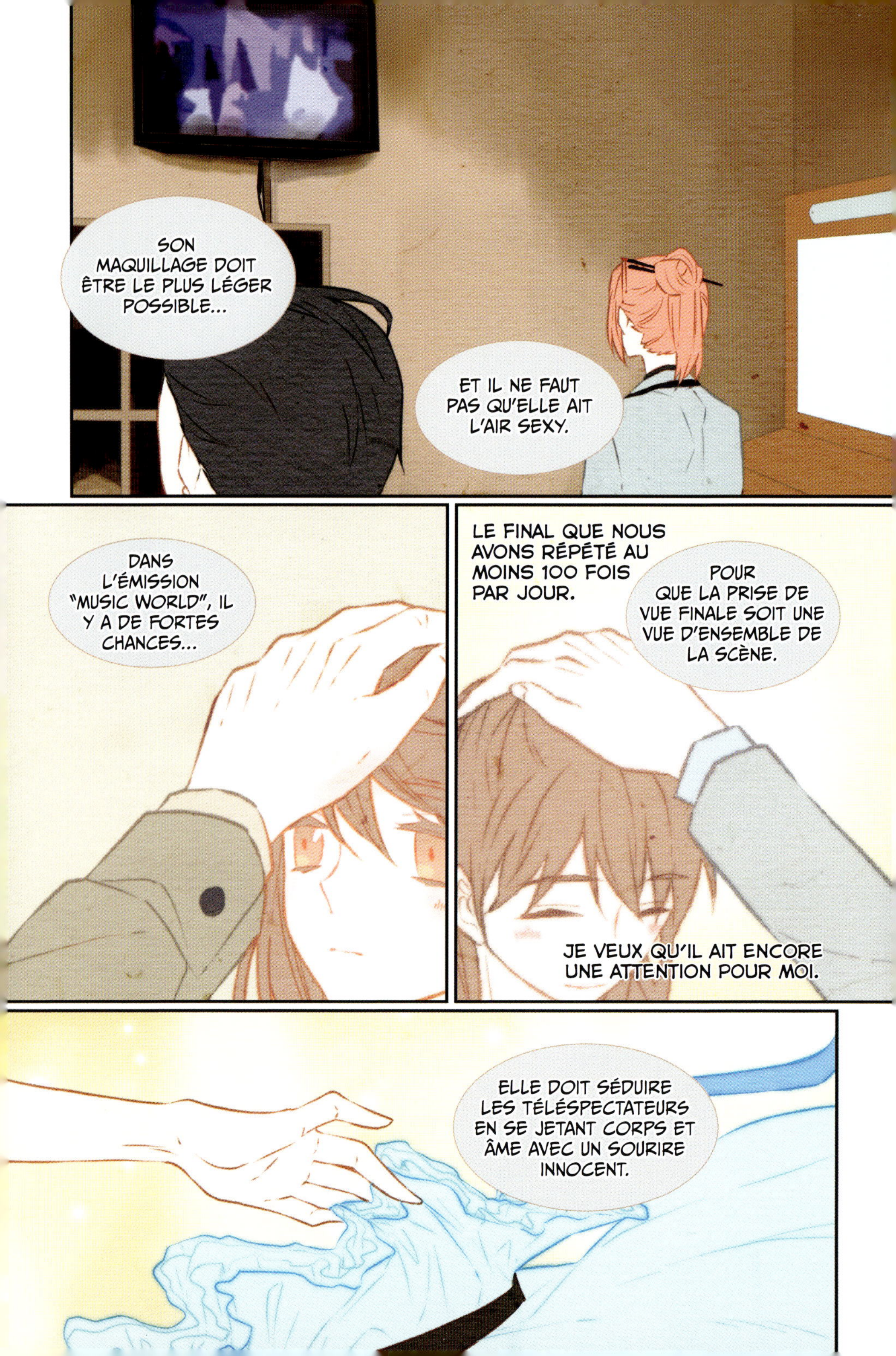
SON MAQUILLAGE DOIT ÊTRE LE PLUS LÉGER POSSIBLE...
ET IL NE FAUT PAS QU'ELLE AIT L'AIR SEXY.
DANS L'ÉMISSION "MUSIC WORLD", IL Y A DE FORTES CHANCES...
LE FINAL QUE NOUS AVONS RÉPÉTÉ AU MOINS 100 FOIS PAR JOUR.
POUR QUE LA PRISE DE VUE FINALE SOIT UNE VUE D'ENSEMBLE DE LA SCÈNE.
JE VEUX QU'IL AIT ENCORE UNE ATTENTION POUR MOI.
ELLE DOIT SÉDUIRE LES TÉLÉSPECTATEURS EN SE JETANT CORPS ET ÂME AVEC UN SOURIRE INNOCENT.

CE QU'IL NOUS FAUT, C'EST UNE CHORÉGRAPHIE JUGÉE INAPPROPRIÉE ET INTERDITE DE DIFFUSION.

ELLE EST À MOITIÉ NUE ! C'ÉTAIT UNE VUE D'ENSEMBLE ?!
QU'EST-CE QUE C'EST QUE ÇA !
ON DIRAIT QU'ELLE NE PORTE RIEN DU TOUT !

C'ÉTAIT UN ALÉA DU DIRECT ? J'AI CRU QU'ELLE AVAIT ENLEVÉ SON HAUT, QUELLE SURPRISE.
WOW, C'EST SEXY !
TOURNER PILE AU MOMENT OÙ ELLE N'EST COUVERTE QUE PAR UNE PETITE JUPE, ÇA NE PEUT PAS ÊTRE UNE COÏNCIDENCE.
ELLES N'ONT PAS FAIT ÇA PENDANT LA RÉPÉTITION, NON ?
SI ÇA AVAIT ÉTÉ LE CAS, ILS NE L'AURAIENT PAS LAISSÉE FAIRE.
LA RÉGLEMENTATION EST TRÈS STRICTE DE NOS JOURS, ILS FONT TOUS TRÈS ATTENTION MAIS ÇA, C'EST OSÉ. TU CROIS QU'ELLES VONT SE FAIRE BANNIR ?
BLABLA
BLABLA
ÇA FAISAIT LONGTEMPS QU'ON N'AVAIT PAS EU UN INCIDENT DE TENUE CHOQUANT COMME Ç...
BOUM
OH, TU M'AS FAIT PEUR ! POURQUOI TU T'ÉNERVES ?
FRSSSH
LAISSE-LE. RYOK DÉTESTE CE GENRE DE TRUC.

VOUS DEVEZ ÊTRE SÛRS DE NE PAS PERDRE VOTRE PLACE AVEC ÇA, HM ? SOULAGÉS ?
J'ESPÉRAIS QU'ELLES RÉUSSISSENT, MAIS PAS COMME ÇA !
HYUNG, T'ABUSES.
IL A RAISON. TOUTES LES COMBINES DÉNUDÉES DE MARKETING NE FONCTIONNENT PAS...
CES COMBINES-LÀ ÉCHOUENT QUAND LES GENS SONT INCAPABLES DE CHANTER OU QUE LA CHANSON EST MAUVAISE.
C'EST PAS MAL POUR ATTIRER L'ATTENTION, MAIS REDORER SON IMAGE PAR LA SUITE EST PROBLÉMATIQUE.
TEA PARTY A UNE BONNE CHANTEUSE...
ET LEUR MUSIQUE EST AU TOP AVEC UN PRODUCTEUR COMME AMMONITE D'APGUJEONG.

L'IMAGE DE LEE MAHA N'EST PAS SUPER...
MAIS ELLE N'A PLUS RIEN À PERDRE MAINTENANT.
IMAGINEZ TOUS CES HOMMES DEVANT LEUR ÉCRAN QUI VONT ÊTRE TOUT AUSSI INTÉRESSÉS QUE VOUS PAR LE DOS NU DE LEE MAHA.
RYOK N'ABUSE PAS. RESTEZ CONCENTRÉS.
TOUS CES HOMMES DEVANT LEUR ÉCRAN...
FAIT CHIER !!
FRSSSH
JE NE PENSAIS PAS QUE MONTRER MON DOS SERAIT CONSIDÉRÉ COMME SEXY...
JE N'AURAIS PEUT-ÊTRE PAS DÛ FAIRE ÇA.

TU AS FAIT CE QUE JE T'AI DIT. QUEL EST LE PROBLÈME ? TOUT VA BIEN.
MAIS...!
ILS M'ONT TOUS IGNORÉ QUAND JE LES AI SALUÉS. J'AI L'AIR BIZARRE ? QUE DOIS-JE FAIRE...
TOUT IRA MIEUX QUAND VOUS SEREZ DES ÉTOILES MONTANTES. NE T'EN FAIS PAS.
JE DOIS ME DÉPÊCHER DE REJOINDRE LE PATRON. IL EST SEUL AVEC LA DIRECTION.
JI-EUN, NE LES LAISSE PAS ALLER SUR INTERNET S'IL TE PLAÎT.
PAS DE SOUCI.
MAIS L'AMBIANCE EST TELLEMENT PESANTE, ÇA ME FAIT PEUR...
MAHA...

ET SI ÇA ENTRAÎNAIT HYUN-JI ET LIA VERS LE BAS ?
ÇA VA ALLER. NE PLEURE PAS...
ET SI RYOK ME DÉTESTAIT À NOUVEAU...
JE REGRETTE... J'AURAIS DÛ REFUSER...
CETTE SEMAINE, LA PREMIÈRE PLACE REVIENT AUX SHAX ! FÉLICITATIONS !
PAF
VOUS ÊTES NUMÉRO UN DÈS LA PREMIÈRE SEMAINE DE VOTRE COME-BACK !
...
QUEL EFFET ÇA VOUS FAIT ?
POURQUOI EST-CE QU'ELLE RESTE DANS SON COIN ?

ET C'EST SOUS LES NOTES DES SHAX, LES NUMÉROS UN DE CETTE SEMAINE, QUE NOUS NOUS QUITTONS.
C'ÉTAIT MUSIC WORLD LIVE, À BIENTÔT !
ÇA M'INQUIÈTE...
JE SUIS ENCORE EN COLÈRE QUE MAHA SE SOIT MONTRÉE COMME ÇA DEVANT TOUT LE MONDE.
SI ELLES AVAIENT ÉTÉ DANS UNE GROSSE AGENCE, ELLES N'AURAIENT PAS EU BESOIN D'AVOIR RECOURS À CE GENRE DE COMBINE.
CEPENDANT, LES GIRLS BAND N'ONT PAS BEAUCOUP D'OPTIONS POUR SE DÉMARQUER EN SI PEU DE TEMPS SUR DES ÉMISSIONS MUSICALES AU SCORE D'AUDIENCE DE 2 %.
QU'EST-CE QUI T'A PRIS ?! FAIRE ÇA EN DIRECT, NON MAIS ?!
ET ELLES N'AURAIENT PAS À SE FAIRE RÉPRIMANDER SANS LA PROTECTION DE LEUR LABEL.

OÙ EST VOTRE MANAGER ?!
VOUS NE REMETTREZ JAMAIS LES PIEDS DANS CETTE ÉMISSION !
DANS LE BUREAU DE LA DIRECTION...
NOUS SOMMES DÉSOLÉES. MERCI POUR VOTRE TRAVAIL.
SI SEULEMENT ELLE AVAIT ÉTÉ DANS MON AGENCE... J'AURAIS EU UNE RAISON DE LA DÉFENDRE...
NOONA... COURAGE !
VOUS AVEZ BIEN TRAVAILLÉ !

OH, EXCUSEZ-MOI.
CE N'EST RIEN. ALLEZ-Y.

"C'ÉTAIT UNE ATTENTION, PAS VRAI ?"
MAHA...
NE PLEURE PAS, D'ACCORD ?
"OUI."
L'ÉMISSION ÉTAIT TERMINÉE...

LA NOUVELLE S'ÉTAIT RÉPANDUE COMME UNE TRAÎNÉE DE POUDRE SUR INTERNET. LA VRAIE BATAILLE ALLAIT ENFIN COMMENCER.
ET LES 2 % D'AUDIENCE, AINSI QUE LES FAN-BASES DES GROUPES D'IDOLS, ENTRAIENT EN ACTION.
COMMENT ÇA ?!
LOGE
SHAX
MUSIC World
ÇA A SUPER BIEN MARCHÉ, PERSONNE N'AVAIT OSÉ FAIRE ÇA DEPUIS LONGTEMPS À CAUSE DES SANCTIONS.
DIVERTISSEMENT > CÉLÉBRITÉS FACEBOOK TWITTER
MAHA DES TEA PARTY, UNE TENUE INDÉCENTE ET UNE CHORÉGRAPHIE PEU CONVENTIONNELLE… DES TÉLÉSPECTATEURS "CHOQUÉS"
PUBLIÉ LE 12/12/2014 — 18:02:24
LES SITES DE PRESSE TRAITENT TOUS DE LA CHORÉGRAPHIE DES TEA PARTY ET DU DOS NU DE LEE MAHA, ET SONT EN TENDANCE DES RECHERCHES.
[WY PHOTO] MAHA DES TEA PARTY : SA PRESTATION SUSPENDUE CAR JUGÉE PROVOCANTE "NOUS ALLONS MODIFIER LA CHORÉGRAPHIE"
PUBLIÉ LE 12/12/2014 À 18:32 | MIS À JOUR LE 12/12/2
+ AGRANDIR — RÉTRÉCI
IL SEMBLERAIT QUE LES JOURNALISTES AIENT ÉTÉ PRÉVENUS, LES ARTICLES SONT SORTIS TOUT DE SUITE APRÈS.

JE DOUTE QUE LES TEA PARTY AIENT UNE QUELCONQUE SANCTION MAINTENANT.
C'EST VRAI... SI ELLES SONT LE BUZZ DU MOMENT, LES CHAÎNES SERONT PERDANTES SANS TEA PARTY DANS LEURS ÉMISSIONS.
Le classement de la prochaine fois dépend du taux d'audimat par tranche de cinq minutes.
TeaParty
SHAX
18:05 18:10 18:15 18:20 18:25 18:30 18:35 18:40 18:45 18:50 18:55 19:00 19:05 19:10
MAIS JE NE M'ATTENDAIS PAS À CE QU'ELLES MÈNENT SUR LE CLASSEMENT DES CINQ MINUTES.
HEIN... ?
COMMENT ÇA, "HEIN" ?! ON A RÉUSSI NOTRE COUP ! VOUS ÊTES LES PREMIÈRES DEPUIS 10 MINUTES DÉJÀ !

JE NE SAIS PAS SI JE DOIS ME RÉJOUIR OU ÊTRE FOU DE RAGE...
Euh...
SI ON RESTE À LA PREMIÈRE PLACE PENDANT PLUS DE 30 MINUTES...
ON PRENDRA LA TÊTE DES CLASSEMENTS DU HIT-PARADE ! ON BATTRA LES SHAX !

Partie 4

Imitation

ELLES SONT DEVENUES LES CENDRILLONS DU MONDE DE LA CHANSON AVEC LEUR NOUVEAU TITRE "PANTOUFLES DE VERRE", VOICI LES... TEA PARTY !
BONJOUR TOUT LE MONDE, NOUS SOMMES LES TEA PARTY !
LEUR NOUVEAU SINGLE A BATTU LES SHAX PENDANT 25 MINUTES !
VOUS N'ÊTES PAS RESTÉES LONGTEMPS PREMIÈRES... VOUS N'ÊTES PAS TROP DÉÇUES ?
NON, DU TOUT ! C'EST VRAIMENT INCROYABLE, MERCI BEAUCOUP !
VOUS ÊTES TRÈS OCCUPÉES DEPUIS LE LANCEMENT DE VOTRE CHANSON.
LIEU DE TOURNAGE DU DRAMA DANS LEQUEL JOUE KWON RYOK RÔLE PRINCIPAL : JUNG JIN-HA

RYOK, TU NE LES CONNAIS VRAIMENT PAS ?
NON. JE NE LEUR AI MÊME PAS DIT BONJOUR, JE DORMAIS.
T'AS BEAUCOUP TOURNÉ AVEC MAHA, ET TU N'AS MÊME PAS PRIS SON NUMÉRO ?
JE LES AIME BIEN AUSSI...
J'AIMERAIS TRO PARLER À MAHA TÉLÉPHONE.
VOUS ME CROYEZ ASSEZ FOU POUR LAISSER D'AUTRES MECS L'APPELER ?!
AU FAIT, C'EST VRAI QUE LE DIRECTEUR VA EMMENER LES ACTEURS ET L'ÉQUIPE SE REPOSER PENDANT DEUX JOURS APRÈS LE TOURNAGE ?
CHANGEMENT DE SUJET.
OUAIS. C'EST VRAI. MAINTENANT QUE J'Y PENSE, T'ES UN IDOL AUSSI. TU VAS AVOIR DU MAL À TE LIBÉRER POUR ÇA.
NON, JE VAIS SEULEMENT AJUSTER MON PLANNING EN FONCTION. LE DIRECTEUR M'A INVITÉ...

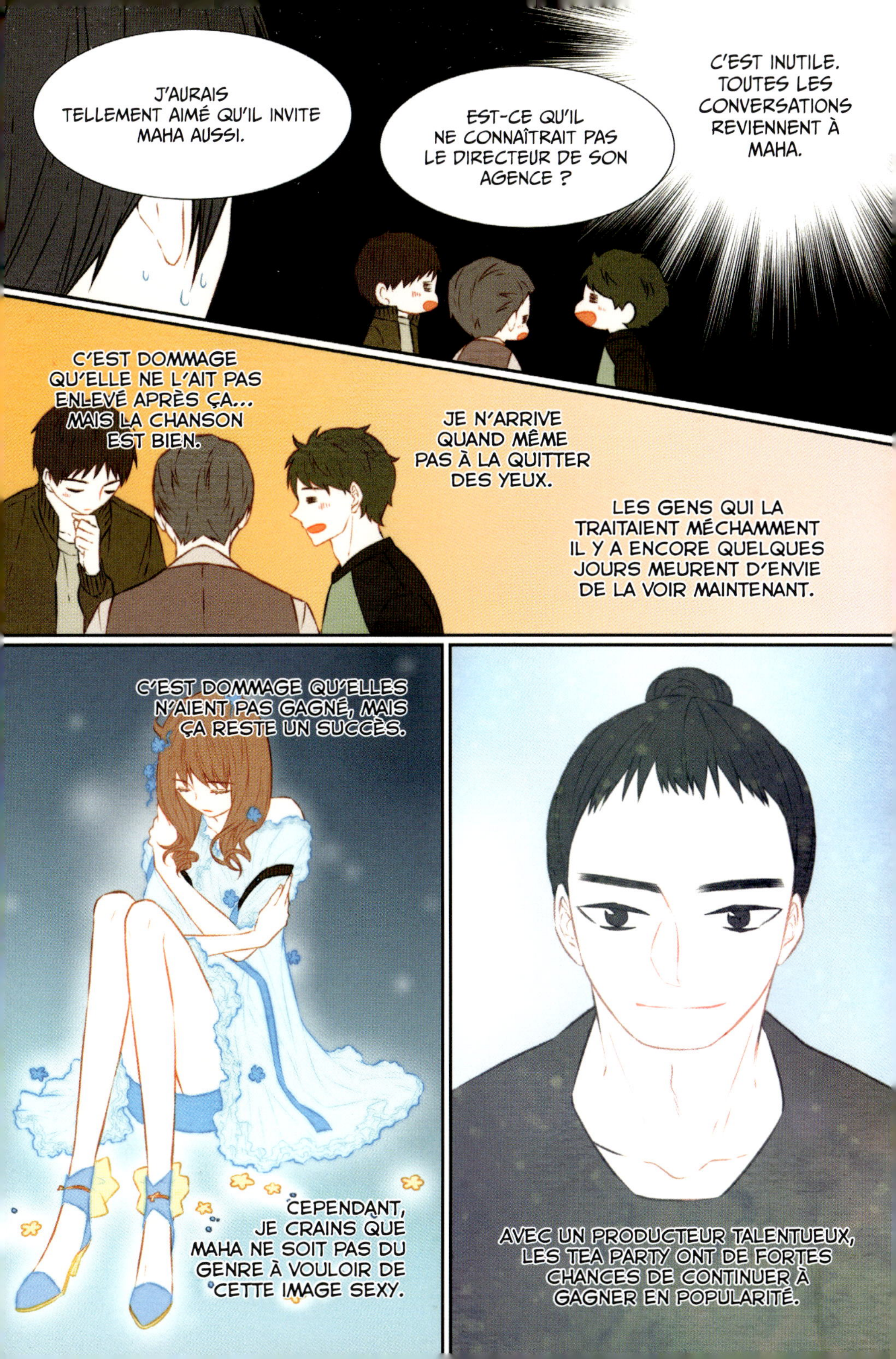
J'AURAIS TELLEMENT AIMÉ QU'IL INVITE MAHA AUSSI.
EST-CE QU'IL NE CONNAÎTRAIT PAS LE DIRECTEUR DE SON AGENCE ?
C'EST INUTILE. TOUTES LES CONVERSATIONS REVIENNENT À MAHA.
C'EST DOMMAGE QU'ELLE NE L'AIT PAS ENLEVÉ APRÈS ÇA... MAIS LA CHANSON EST BIEN.
JE N'ARRIVE QUAND MÊME PAS À LA QUITTER DES YEUX.
LES GENS QUI LA TRAITAIENT MÉCHAMMENT IL Y A ENCORE QUELQUES JOURS MEURENT D'ENVIE DE LA VOIR MAINTENANT.
C'EST DOMMAGE QU'ELLES N'AIENT PAS GAGNÉ, MAIS ÇA RESTE UN SUCCÈS.
CEPENDANT, JE CRAINS QUE MAHA NE SOIT PAS DU GENRE À VOULOIR DE CETTE IMAGE SEXY.
AVEC UN PRODUCTEUR TALENTUEUX, LES TEA PARTY ONT DE FORTES CHANCES DE CONTINUER À GAGNER EN POPULARITÉ.

MAHA VA SÛREMENT RECEVOIR DES CRITIQUES POUR S'ÊTRE EXPOSÉE DE LA SORTE.
J'ESPÈRE QU'ELLE N'EST PAS EN TRAIN DE PLEURER À CAUSE DE ÇA.
VRRRR
HYUUUNG !!!!!!!!!!!!! 13:52
YOON JUNG-HYUK
MAHA ET MOI ALLONS FAIRE UN DUO SPÉCIAL À LA CÉRÉMONIE DE FIN D'ANNÉÉÉÉE 13:52
YOON JUNG-HYUK
DEVRAIS-JE ÊTRE JALOUX DE HYUK MAINTENANT ?
POUR PROMOUVOIR NOTRE SITCOM !!!!! UN DUO AVEC MAHA LA REINE DU BUZZZZZZ 13:53
YOON JUNG-HYUK
AU FAIT, TU VIENS QUAND ? 13:53
YOON JUNG-HYUK
MAHA ET MOI, ON S'ENTRAÎNE À NOTRE STUDIO ! 13:53

Agence des SHAX.
...
Pff
Pff
Pffff
NOONA, TU N'AS PAS D'ENDURANCE !
← Chorégraphe
ELLE A QUAND MÊME PARFAITEMENT MÉMORISÉ LA CHORÉ.
TU TRAVAILLES AUSSI LA JOURNÉE, PAS VRAI ? ÇA FAIT TROIS JOURS QU'ON RÉPÈTE JUSQU'À L'AUBE... COMMENT TU FAIS POUR TENIR ?
WOOV
WOOV
LES AUTRES MEMBRES SONT BIEN PLUS FORTS QUE MOI.

ON FAIT UNE PAUSE ! JE VAIS M'ENTRAÎNER UN PEU AVEC EUX, ET JE REVIENS !
IL TRAVAILLE BEAUCOUP PLUS QUE MOI... JE DOIS ME REMETTRE EN QUESTION.
LES RÉPÉTITIONS DU DUO SE TERMINENT DEMAIN, MAIS JE N'AI MÊME PAS PU VOIR RYOK ICI.
ÇA FAIT DÉJÀ DEUX SEMAINES...
JE N'AI PAS GRAND-CHOSE À LUI DIRE, MAIS J'AURAIS BIEN AIMÉ LUI PARLER.

JE TROUVAIS ÇA SUPER GÊNANT...
23:48
SUNBAENIM
C'EST JUSTE QUE J'AI ENVIE DE TE VOIR.
23:49
MAIS MAINTENANT...
TU DORS ?
TU N'ENTENDS MÊME PAS LES GENS S'APPROCHER DE TOI ?
S-SUNBAENIM ?!
TU ES SURPRISE...?
WOUAH ! JE PENSAIS JUSTEMENT À LUI, ET VOILÀ QU'IL EST LÀ.

TU T'ENDORS DANS UN STUDIO QUI N'EST PAS LE TIEN ?
N-NON...
TU AS LE DROIT D'ÊTRE FATIGUÉE. VOUS AVEZ ÉTÉ TRÈS PRISES DEPUIS, NON ?
OUI ! APRÈS ÊTRE ARRIVÉES DEUXIÈMES, NOS PLANNINGS SE SONT REMPLIS TOUT À COUP !
ET MUSIC WORLD N'A SUSPENDU QUE NOTRE SINGLE, NOUS POURRONS Y RETOURNER POUR NOTRE PROCHAIN ALBUM !
J'AI L'IMPRESSION DE RÊVER !
ELLE A L'AIR D'ALLER PARFAITEMENT BIEN.
TAC
VOYEZ-VOUS ÇA. VOILÀ QUE TU TE LA PÈTES MAINTENANT ?
?
VRRR

A... AÏEUUH...
OH ? ÇA T'A FAIT MAL ? JE N'AI POURTANT PAS TAPÉ FORT !
FAIS-MOI VOIR.
UUUH...
AH, JE SUIS DÉSOLÉ. C'EST UN PEU ROUGE.
RAH... MINCE...

C'ÉTAIT
TON FRONT, PAS
TA BOU...
Hmpf
!
HUM...
DIS-MOI,
À QUOI EST-CE QUE TU
PENSAIS LÀ ?
FRR

À-À RIEN DU T...
ALORS POURQUOI TU ES DEVENUE TOUTE ROUGE ?
HEIN ?
JE PERDS LA TÊTE OU QUOI ?! POURQUOI EST-CE QUE J'AI COUVERT MA BOUCHE ?!
CLAC
NOONA, T'ES BIEN REPOSÉE MAINTENANT ?
TSS
OH, T'ES LÀ HYUNG ?
VOUS FAISIEZ QUOI TOUS LES DEUX POUR ÊTRE AUSSI SURPRIS...?
ON NE S'ATTENDAIT PAS À CE QUE TU DÉBARQUES, VOILÀ TOUT.

NON, C'EST PARCE QUE VOUS FAISIEZ UN TRUC SUSPECT, PAS VRAI ? NE REJETEZ PAS LA FAUTE SUR MOI !
HAA ! COMME JE SUIS FATIGUÉE ! JE VAIS ME PRENDRE UN CAFÉ ! HYUK, T'EN VEUX UN AUSSI ?!
WHOOSH
NON, ÇA VA.
SUNBAENIM, JE TE PRENDS UN AMERICANO COMME LA DERNIÈRE FOIS ?
CLAC–
OGH... QUOI ? UN AMERICANO COMME LA DERNIÈRE FOIS...?
...
ÇA ME FOUT LA CHAIR DE POULE, SÉRIEUX.

T'AS REFUSÉ DE FAIRE UNE PUB POUR UN CAFÉ, PARCE QUE JE CITE "C'EST DU POISON".
J'AVAIS OUBLIÉ CETTE HISTOIRE DE BAISER, POURQUOI ÇA M'EST REVENU TOUT À COUP ?!
ARGH ! C'EST TROP LA HONTE ! ARGH !

PENDANT LES ENTRAÎNEMENTS, HYUK NE BOIT QUE DE L'EAU ET DES BOISSONS ÉNERGISANTES, MAIS IL AIME LE CAFÉ. SAUF LES EXPRESSOS.

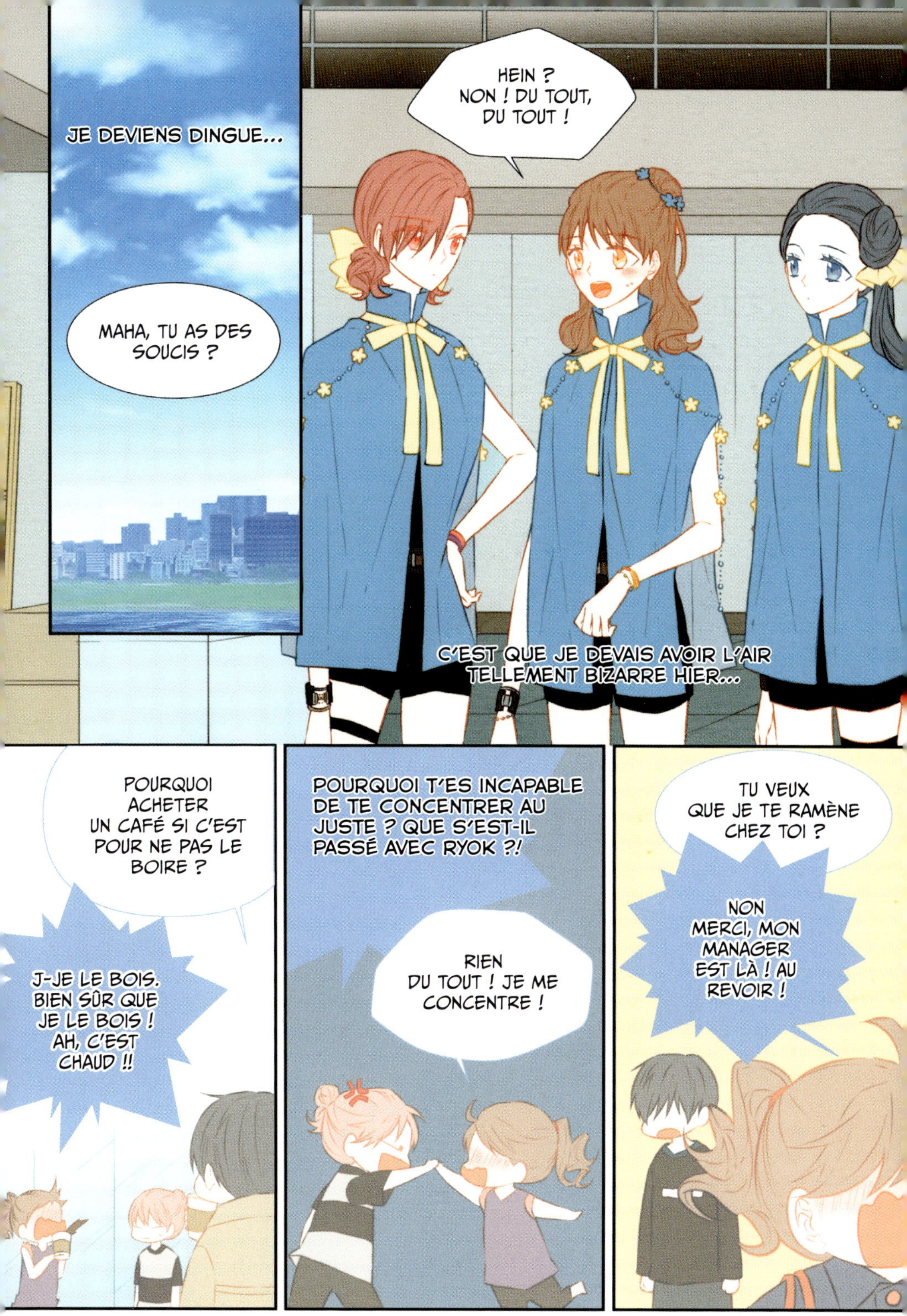

JE DEVIENS DINGUE...
MAHA, TU AS DES SOUCIS ?
HEIN ? NON ! DU TOUT, DU TOUT !
C'EST QUE JE DEVAIS AVOIR L'AIR TELLEMENT BIZARRE HIER...
POURQUOI ACHETER UN CAFÉ SI C'EST POUR NE PAS LE BOIRE ?
J-JE LE BOIS. BIEN SÛR QUE JE LE BOIS ! AH, C'EST CHAUD !!
POURQUOI T'ES INCAPABLE DE TE CONCENTRER AU JUSTE ? QUE S'EST-IL PASSÉ AVEC RYOK ?!
RIEN DU TOUT ! JE ME CONCENTRE !
TU VEUX QUE JE TE RAMÈNE CHEZ TOI ?
NON MERCI, MON MANAGER EST LÀ ! AU REVOIR !

À DEMAIN.
JE VAIS POUVOIR LE REVOIR AUJOURD'HUI...
TU ES SÛRE QU'IL N'Y A VRAIMENT AUCUN PROBLÈME ?
JE SUIS BIZARRE, C'EST ÇA ? NON, IL N'Y A RIEN !

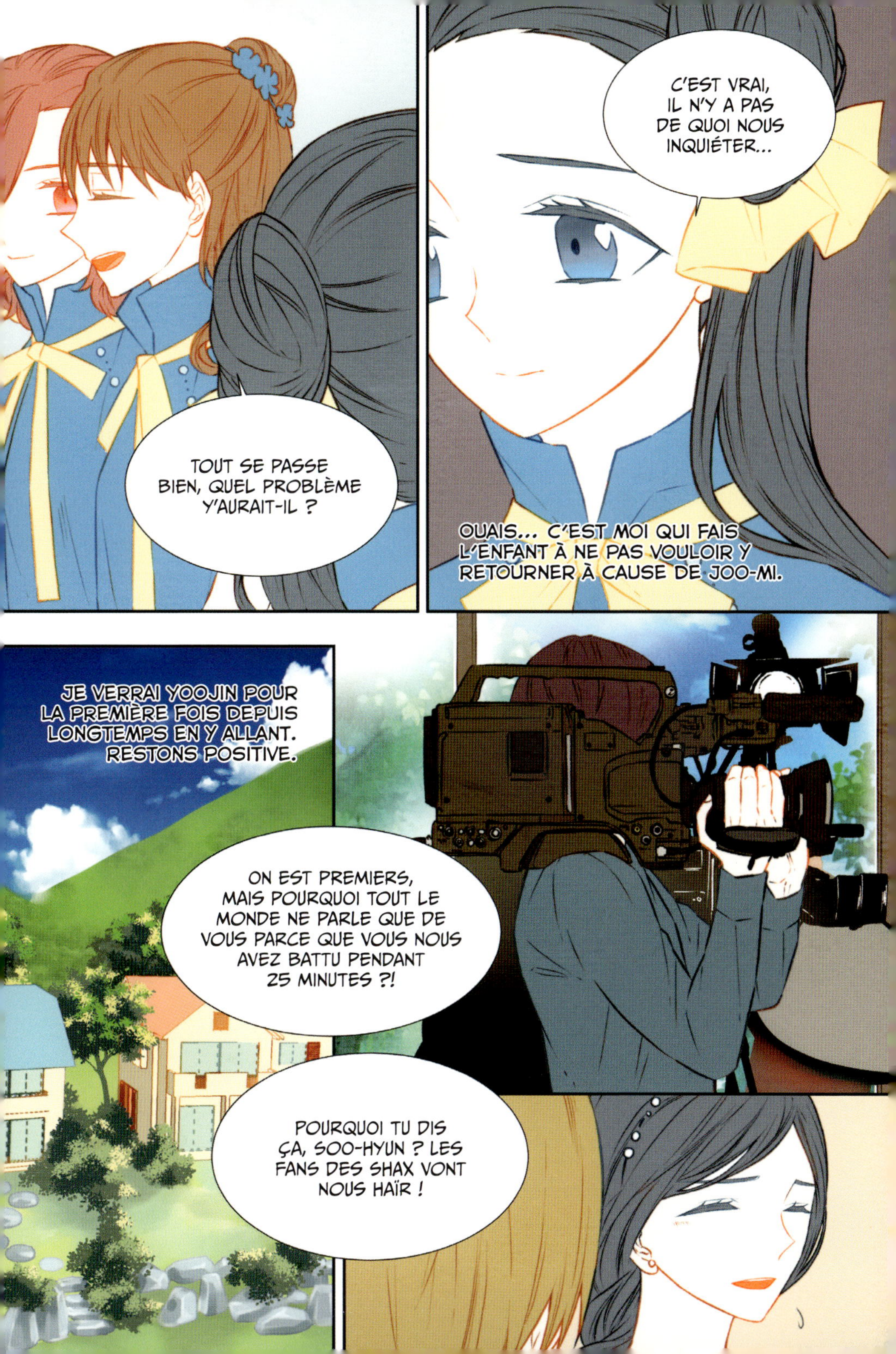
TOUT SE PASSE BIEN, QUEL PROBLÈME Y'AURAIT-IL ?
C'EST VRAI, IL N'Y A PAS DE QUOI NOUS INQUIÉTER...
OUAIS... C'EST MOI QUI FAIS L'ENFANT À NE PAS VOULOIR Y RETOURNER À CAUSE DE JOO-MI.
JE VERRAI YOOJIN POUR LA PREMIÈRE FOIS DEPUIS LONGTEMPS EN Y ALLANT. RESTONS POSITIVE.
ON EST PREMIERS, MAIS POURQUOI TOUT LE MONDE NE PARLE QUE DE VOUS PARCE QUE VOUS NOUS AVEZ BATTU PENDANT 25 MINUTES ?!
POURQUOI TU DIS ÇA, SOO-HYUN ? LES FANS DES SHAX VONT NOUS HAÏR !

MAHA EST SUPER POPULAIRE MAINTENANT. T'ES JALOUSE, AVOUE-LE !
NON, PAS DU TOUT !
PAPOTER TOUT EN PLIANT LE LINGE.
LES GENS SE SONT TELLEMENT TROMPÉS SUR ELLE. JE SUIS HEUREUSE QU'ELLE REÇOIVE AUTANT D'ATTENTION MAINTENANT.
FAIRE SEMBLANT D'ÊTRE GENTILLE.
C'EST FACILE QUAND ON VEND LE CORPS DE SON AMIE...
JOO-MI, TU ES MÉCHANTE LÀ.
J'IMAGINE QUE LEE MAHA A MÉRITÉ SON SUCCÈS APRÈS TOUT... VU CE QU'ELLE A FAIT POUR L'OBTENIR.
JE NE PEUX RIEN DIRE À HYUN-JI SANS QUE TU INTERVIENNES, YOOJIN. TU L'AIMES OU QUOI ?

JOO-MI, MAHA N'EST PAS COMME ÇA. ALORS NE TE MÉPRENDS PAS SUR ELLE.
ME MÉPRENDRE ? TU ME FAIS LA MORALE, À MOI ? JE NE FAIS QUE DIRE LA VÉRITÉ.
ELLE N'A PAS DE MAL À SE DÉSHABILLER PPAREMMENT, ALORS POURQUOI NE PAS LE FAIRE EN DIRECT ?
JOO-MI !
YOOJIN...
TU VIENS DE HAUSSER LE TON SUR MOI ? SI T'AS QUELQUE CHOSE À ME DIRE, DIS-LE-MOI EN FACE !

JOO-MI EST PLUS ÂGÉE QUE NOUS, TU NE PEUX PAS FAIRE ÇA.
YOOJIN...
PEUT RESTER CALME QUAND IL S'AGIT DE MOI, MAIS DÈS QU'IL S'AGIT DE MAHA, IL SORT DE SES GONDS.
NON. À QUOI EST-CE QUE JE PENSE, MOI...?
C'EST VRAI... JE SUIS DÉSOLÉ.
JE SAIS DÉJÀ QUE YOOJIN AIME MAHA, ALORS POURQUOI EST-CE QUE JE ME COMPARE À ELLE ?

JE DOIS PENSER À ELLE QUI A
É CRITIQUÉE PENDANT SI LONGTEMPS
SANS AUCUNE RAISON.
JE NE DOIS PAS ÊTRE ÉGOÏSTE.
CE N'EST PAS MOI.
JE NE PEUX PAS FAIRE ÇA.
NOONA, DÉTENDS-TOI ! POURQUOI T'ES CRISPÉE COMME ÇA ?

J'ESSAIE, JE T'ASSURE, MAIS J'AI PEUR QUE TU ME LÂCHES...
JE NE VAIS PAS TE LÂCHER ! JE SUIS FORT, TU SAIS !
Allez.
?!
TOURNE
Euaaagh
HOP
HOP
MÊME SI TU NE T'ACCROCHES PAS À MOI, J'ARRIVE FACILEMENT À TE SOULEVER ! TU VOIS ?
Mais non ! Regarde !
Je vais tomber ! Je vais tomber !
FWIP
FWIP
HÉ, YOON JUNG-HYUK !
RYOK ?

LE DIRECTEUR VEUT TE PARLER.
LE DIRECTEUR ? À MOI ? POURQUOI ?
VOUS FAISIEZ QUOI AU JUSTE TOUS LES DEUX ? C'ÉTAIT MÊME PAS UNE CHORÉ...
C'ÉTAIT RIEN.
HUM ? C'EST QUOI CETTE AMBIANCE...
BOUDE
EST-CE QUE TU BOUDES LÀ ?
QUOI ?! NON !
SURSAUTE

COMMENT LUI DIRE...
FRR
FRR
NON ? TU FAIS POURTANT LA MOUE. QU'EST-CE QUI NE VA PAS ? DIS-LE-MOI.
QUE JE SUIS EN COLÈRE PARCE QU'IL M'A IGNORÉE LORSQU'ON ÉTAIT À L'ÉMISSION...?
Ça va mieux maintenant, hein.
SERAIT-CE PARCE QUE JE NE T'AI PAS DIT BONJOUR LA DERNIÈRE FOIS ?
!
OH, ALORS J'AI VU JUSTE.
DÉSOLÉE. JE N'ÉTAIS PAS EN COLÈRE !
TU EN AS LE DROIT.
HEIN ?

POUR MA DÉFENSE, JAEWOO DÉTESTE QU'ON SOIT PROCHES AVEC LES FILLES PARCE QU'IL CRAINT UN SCANDALE.
ON EST PROCHES... TOI ET MOI ?
QUOI ? TU PENSAIS QU'ON NE L'ÉTAIT PAS ?
ALORS C'EST ÇA, ÊTRE PROCHES...
VU TA RÉPONSE, JE CROIS QU'ON A ENCORE DU BOULOT.
Ha ha ha...
MAIS C'EST DÉJÀ MIEUX QU'AVANT. EN TOUT CAS, TU PEUX BOUDER.
Ha ha ha ha
SUIS-JE ÉPUISÉE À CAUSE DE TOUTES CES NUITS BLANCHES...? POURQUOI EST-CE QUE SON RIRE RÉSONNE DANS TOUT MON CORPS...?

JE TE RACCOMPAGNE CHEZ TOI TOUT À L'HEURE, COMME ÇA ON POURRA ÊTRE ENCORE PLUS PROCHES.
N-NON, ÇA VA ALLER ! J'AI ASSEZ POUR UN TAXI.
UN TAXI ? ET TON MANAGER ?
J'ATTENDS TOUTE LA JOURNÉE AVEC IMPATIENCE DE LE VOIR, QUAND IL NE ME DIT PAS BONJOUR, ÇA M'AGACE...
ET QUAND IL S'INQUIÈTE POUR MOI, ÇA ME REND HEUREUSE.
HYUN-JI A UN TOURNAGE CETTE NUIT ALORS...
JE NE DEVRAIS PAS, MAIS J'ATTENDS DE PLUS EN PLUS DE CHOSES DE SA PART. COMMENT VAIS-JE FAIRE ?
L'IDÉE QUE TU RENTRES SEULE À L'AUBE EN TAXI NE ME RASSURE PAS. JE TE RACCOMPAGNE, D'ACCORD ?

MAHA. SI TU TE REPOSES SUR UN MME SOUS PRÉTEXTE JE TU ES UNE FEMME, TU DEVIENDRAS COMME MAMAN.
NE CROIS PAS QUE LES CHOSES VONT CHANGER JUSTE PARCE QUE GRAND-PÈRE EST MORT.
FAIS DE TON MIEUX POUR ÊTRE INDÉPENDANTE LE PLUS TÔT POSSIBLE.
ET JE NE SERAI PAS TOUJOURS LÀ POUR M'OCCUPER DE TOI NON PLUS.
MA GRANDE SŒUR, QUI AVAIT HUIT ANS DE PLUS ET QUI S'ÉTAIT PLUS OCCUPÉE DE MOI QUE MES PARENTS, AVAIT PRIS SON INDÉPENDANCE APRÈS LES FUNÉRAILLES DE MON GRAND-PÈRE.

NE DÉPENDS DE PERSONNE. SI TU ATTENDS QUE TOUT TOMBE DU CIEL DANS CE MONDE, TU SERAS DÉÇUE. TU DOIS ÊTRE FORTE POUR DEVENIR INDÉPENDANTE.
C'ÉTAIT GRAVÉ EN MOI COMME UNE VÉRITÉ IMMUABLE DE CE MONDE, MAIS...
J'AI RENCONTRÉ LE DIRECTEUR...
LIA ET HYUN-JI...
YOOJIN...

ET QUAND J'AI RENCONTRÉ RYOK, J'AI COMMENCÉ À ME DEMANDER...
SUIS-JE VRAIMENT OBLIGÉE DE NE ME REPOSER SUR PERSONNE ?
PEUT-ÊTRE QUE JE NE SERAI PAS DÉÇUE.
TU T'ACCROCHAIS À HYUK PARCE QUE TU N'ARRIVAIS PAS À FAIRE JUSTE ÇA ?
E-EH BIEN... J'AVAIS VRAIMENT PEUR DE LUI CASSER LE BRAS...

ET MOI ? TU T'AGRIPPES À MA NUQUE AUSSI, PAS VRAI ?
HYUK EST TOUT FIN... ALORS QUE TOI...
QUI EST-CE QUI EST FIN ?! ME CASSER LE BRAS ?!
HYUNG, JAEWOO TE CHERCHE. ILS VONT COMMENCER À S'ENTRAÎNER.
OUAIS. T'AS VU LE DIRECTEUR ALORS ?
"LE DIRECTEUR EST EN VOYAGE D'AFFAIRES DEPUIS HIER. QUI A DIT QU'IL TE CHERCHAIT ?"
JAEWOO M'A DIT OÙ IL ÉTAIT PASSÉ.
JE VAIS M'ENTRAÎNER.
JAEWOO, SALE CAFARD...

MAHA, NE PRENDS PAS DE TAXI, JE TE RAMÈNE EN VOITURE, HEIN !
T'EN FAIS PAS, HYUNG.
ON VA RÉPÉTER TOUTE LA NUIT JUSQU'À CE QU'ELLE N'AIT PLUS PEUR DE FAIRE CE PORTÉ.
IL FAUT QUE J'ARRÊTE DE PERDRE MON SANG-FROID DÈS QUE J'ENTENDS LE NOM DE MAHA.
QU'IMPORTE LA RAISON, JE NE PEUX PAS PARLER COMME ÇA À UNE AÎNÉE.
"T'AS QU'À L'IGNORER. MÊME SI C'EST UNE SALE GARCE, ÇA RESTE UNE SUNBAE."

TU RESTES DEHORS DANS LE FROID ?
LE TOURNAGE EST TERMINÉ ?
OUAIS. ON VA RENTRER DORMIR AU COTTAGE MAINTENANT.
OK, BONNE NUIT.
DIS... YOOJIN. TU PEUX ME PARLER DE MAHA SI TU VEUX.

ÇA VA. ILS VONT SE FAIRE DES IDÉES S'ILS NOUS VOIENT ENSEMBLE.
JE N'Y AVAIS PAS PENSÉ. DÉSOLÉE...
C'EST RIEN.
MAINTENANT, JE CROIS QUE JE SAIS CE QUE HYUN-JI DOIT RESSENTIR.
"NE T'EN FAIS PAS. JE N'AI DIT À PERSONNE QUE J'AVAIS VU RYOK."
"MERCI."
JE ME SUIS SENTI SPÉCIAL POUR MAHA QUAND ELLE M'A DIT UN SECRET QUE JE DEVAIS GARDER...

TOUT EN ÉTANT TOURMENTÉ QUE CE SECRET CONCERNE RYOK.
JE CONNAIS CE SENTIMENT, ALORS MÊME SI JE SAIS QU'ELLE EST ENCORE DANS MON DOS, IL M'EST IMPOSSIBLE D'ÊTRE PLUS PROCHE D'ELLE.
...
ELLE DORT BIEN.

40 MINUTES PLUS TÔT.
HÉ, IL EST TROIS HEURES DU MATIN ! ARRÊTEZ DE RÉPÉTER !
YOON JUNG-HYUK ! ON EST ARRIVÉS AU DORTOIR ! SORS ! MAHA, REPOSE-TOI EN ATTENDANT QU'ON ARRIVE !
JE N'AI PAS ENVIE DE LA RÉVEILLER, ELLE DORT TELLEMENT BIEN.
J'AI L'IMPRESSION QU'ELLE A DÉVELOPPÉ DES SENTIMENTS POUR MOI, ALORS...
FRRRR
ELLE A LE COU TORDU...

JE VEUX LUI DEMANDER AU PLUS VITE.
!
QU'EST-CE QUE...! JE VIENS DE...!
ELLE EST EN TRAIN DE DORMIR !
QU'EST-CE QUI PREND !
BOUM BOUM BOUM BOUM

...
FIXE
WOOV
HEUREUSEMENT QU'ELLE NE S'EST PAS RÉVEILLÉE. J'AURAIS ÉTÉ CONDAMNÉ POUR HARCÈLEMENT SEXUEL...
IL N'Y A QUE NOUS DANS LA VOITURE. ELLE EST SANS DÉFENSE ET J'AI DU MAL À RESTER GENTLEMAN.
ELLE DOIT VRAIMENT DORMIR PROFONDÉMENT.
ET PUIS CE N'EST PAS DU HARCÈLEMENT SEXUEL SI ELLE NE SE SENT PAS MAL.
S'AUTO-RATIONALISE

NE TE RÉVEILLE PAS.
SI TU RESTES COMME ÇA, JE VAIS CONTINUER À VENIR VERS TOI.
SOIS INDULGENTE ENVERS MOI.
C'EST SI BON, ÇA SENT RYOK.
MÊME SI JE SUIS UN PEU IGNORANTE ET NERVEUSE PARFOIS, IL ME FÉLICITE ET ME SOURIT.

ELLE NE SE RÉVEILLE VRAIMENT PAS... EST-CE QUE JE PEUX L'EMBRASSER ENCORE UN PEU ?
IL EST SI DOUX QUE JE NE ME SOUVIENS PLUS AVOIR EU PEUR DE LUI UN JOUR.

ET JE...

J'ALLAIS TE RÉVEILLER AVANT QU'IL NE SOIT TROP TARD, MAIS...
IL EST CINQ HEURES DU MATIN. IL N'Y A PAS DE SOUCI À CE QUE TU RENTRES SI TARD ?
NON, AUCUN MAIS... TU M'AS ATTENDUE COMME ÇA TOUT CE TEMPS ?
AH, TU M'AS PRÊTÉ TA VESTE... MERCI. TU N'AS PAS FROID ?
MAHA.
OUI, MAIS ÇA VA.
ÇA NE VA PAS, ÇA VA SUPER EN FAIT.

T'AS DÉJÀ EU UN PETIT COPAIN ?
NON... POURQUOI ?
JE TE DIRAI POURQUOI PLUS TARD.
PLUS TARD ?
OUAIS. IL RESTE UN MOIS AVANT LA FIN DU TOURNAGE DE MON DRAMA, JE TE LE DIRAI APRÈS ÇA.
D'ICI LÀ, RÉFLÉCHIS À CE QUE JE VAIS BIEN POUVOIR TE DIRE.
OH...
Y RÉFLÉCHIR...?
CE N'EST PAS NÉGATIF, ALORS NE M'ÉVITE PAS OU UN TRUC DU GENRE !

KTBN
MÊME SI J'IGNORE BEAUCOUP DE CHOSES, JE CROIS QUE JE SAIS...
PEUT-ÊTRE QU'IL VA ME PROPOSER DE SORTIR... AVEC LUI...
OU PAS ? ET SI JE ME FAISAIS DES FILMS ?
SI C'EST LE CAS, CE SERAIT VRAIMENT UN TRÈS MAUVAIS GARÇON !
MAHA. POURQUOI TU ES TOUT AGITÉE ?
J'AIMERAIS EN PARLER À LIA ET HYUN-JI.
NE SOIS PAS STRESSÉE.
OH ?
OH, WOW ! ON PARTAGE NOTRE LOGE AVEC EUX ?
QUOI, QUOI ?

LOGE DES INVITÉS
MUSIC AWARDS DE CORÉE
SPARKLING TEA PARTY
YOOJIN NE M'A RIEN DIT QUAND ON SE PARLAIT PAR MESSAGES !
ON VOULAIT VOUS FAIRE LA SURPRISE !
JE LUI AI DIT DE NE PAS LE DIRE !
C'EST GÉNIAL ! C'EST TELLEMENT GÊNANT D'ÊTRE AVEC DES GENS QU'ON NE CONNAÎT PAS.
OUAIS, HEUREUSEMENT...
C'EST LA SEULE PRESTATION DE FIN D'ANNÉE QUE VOUS FAITES ?
POURQUOI ?
C'EST LA PREMIÈRE FOIS QUE JE REVOIS LALIMA, EUH... LALIMA SUNBAENIM DEPUIS LES OLYMPIADES IDOLS.
Hûûm...
Ah ouais...
Aaah...
TU N'AS PLUS À LA COPIER DÉSORMAIS, DONC ÇA VA ALLER, MAHA.
ALORS TU VOLES MON IMAGE, TU T'EN SERS À OUTRANCE, ET TU LA BALANCES DÈS QUE TU N'EN AS PLUS L'UTILITÉ ?

JE SUIS DÉSOLÉE, SUNBAENIM.
NON, JE NE TE COPIERAI VRAIMENT PLUS MAINTE...
CONTINUE DE M'IMITER SI TU ES VRAIMENT DÉSOLÉE.
T'ES SOURDE ? JE T'AI DIT DE CONTINUER À ME VOLER.
PARDON ?
ALORS CONTINUE DE JOUER TON PETIT NUMÉRO, POUR QUE TOUT LE MONDE SACHE QUELLE SALE PETITE VOLEUSE TU ES.
SI TU LAISSES TOMBER MAINTENANT, JE DEVIENS LA MÉCHANTE QUI TYRANNISE LA PAUVRE INNOCENTE QUI ESSAIE DE SE REPENTIR.

POUR QUE LORSQU'ON TE VOIT...
LES GENS PENSENT À MOI. COMPRIS ?
RIEN À FAIRE ?
NOUS N'AVONS PAS BESOIN D'UNE RAISON POUR NOUS VOIR TOI ET MOI, SI ?
HÉ, LALIMA.
T'AS RIEN À FAIRE LÀ. ET PUIS, C'EST QUOI CES ABSURDITÉS ?
LÂCHE-MOI.

LES GENS POURRAIENT SE MÉPRENDRE ET MA PATIENCE A DES LIMITES.
C'EST PAS COMME SI C'ÉTAIT LA PREMIÈRE FOIS QU'ON NOUS VOYAIT FAIRE ÇA, SI ?
...
HÉ, TEA PARTY. SORTEZ UNE MINUTE.
OUI, SORTEZ. MON OPPA NE VEUT ÊTRE QU'AVEC MOI.
OUAIS, MIEUX VAUT QU'ON SOIT SEULS, PARCE QUE LÀ...
ON VA PARLER D'ARGENT. COMBIEN T'AS PAYÉ AVEC MA CARTE DE CRÉDIT ?
TU CROYAIS QUE J'ALLAIS LAISSER PASSER ÇA ?
OGH.

LOGE DE
MUSIC AWARDS DE CORÉE
SPARKLING
TEA PARTY
KWON RYOK A PASSÉ SA CARTE À LALIMA ?
C'ÉTAIT PAS LALIMA QUI S'ACCROCHAIT À KWON RYOK ?
SÛREMENT PARCE QUE DES TAS DE FILLES LUI TOURNENT AUTOUR.
LES DANSEURS DE SPARKLING
MAINTENANT QUE J'Y PENSE, IL PARAÎT QU'IL T'A LEVÉ LA MAIN DESSUS AUSSI, LEE MAHA ?
HEIN ?! NON ! PAS DU TOUT !
C'EST CE QU'ON RACONTE ?
JE N'AURAIS JAMAIS DÛ LE DIRE... QUELLE AMBIANCE...
ALORS C'ÉTAIT VRAIMENT UNE INTOX ?

C'ÉTAIT LE DESTIN DE NOUS RETROUVER DANS LA MÊME LOGE ! RACONTE-NOUS TOUT, MAHA !
IL Y A AUTANT DE MAUVAISES RUMEURS QUE ÇA SUR KWON RYOK ?
T'ES PAS AU COURANT ?
IL EST CONNU POUR AVOIR HARCELÉ UN EX-MEMBRE, LEE EUNJO, ET L'AVOIR FAIT FUIR AUX ÉTATS-UNIS.
J'AI ENTENDU DIRE QU'IL AVAIT MÊME VOLÉ SA PETITE AMIE.
OH, C'EST VRAI, JE L'AI ENTENDU AUSSI.
PAUVRE EUNJO.
KWON RYOK LUI A CLAIREMENT POURRI LA VIE.
MAHA !

QU'EST-CE QU'UN SHAX FAIT ICI...
ALLONS RÉPÉTER ENCORE UN PEU.
MER**.
HYUK...
JE PEUX Y ALLER ?
PRENDS TON PORTABLE AVEC TOI, ET RÉPONDS SI ON T'APPELLE.
...
ALLONS-Y, NOONA.
ON DIRAIT QU'IL N'A PAS ENTENDU.
DIEU MERCI.

TU CROIS TOUT CE QU'ILS ONT DIT ?
ON VA JUSQU'OÙ ?
HEIN ?! NON, C'EST SURTOUT QUE...
JE ME RENDS COMPTE QUE JE NE CONNAIS PAS VRAIMENT... RYOK...
ET TU CROIS QUE TOUS CES GENS NOUS CONNAISSENT ?

NOUS N'AVONS JAMAIS HARCELÉ EUNJO.
TU NE VAS PAS NOUS DÉTESTER APRÈS AVOIR ENTENDU TOUT ÇA, PAS VRAI ?
DE QUOI VOUS PARLEZ ?
SUNBAENIM…
HYUNG, QU'EST-CE QUE TU FAIS LÀ ?
JE M'ENNUYAIS À ATTENDRE TOUT SEUL.
HEIN ? ATTENDRE QUOI ?
EN FAIT…

TU NE LUI AS PAS DIT ?
C'ÉTAIT PAS POUR RÉPÉTER, RYOK M'A DEMANDÉ DE T'EMMENER ICI...
JE MONTE LA GARDE, ET SA MONTRE SERA À MOI !
JE VOULAIS M'ASSURER QUE LALIMA NE T'AVAIT PAS DÉCOURAGÉ. QUELLES RUMEURS AS-TU ENTENDUES ENTRE-TEMPS ?
OUI. EN FAIT...
SILENCE
...
EST-ELLE ÉNERVÉE ? POURQUOI ? À CAUSE DES RUMEURS ? JE L'AI DÉÇUE ?
ÉTAIT-IL AVEC LALIMA TOUT CE TEMPS...?

DÉSOLÉE. J'AI JUSTE ENTENDU DES GENS PARLER DE TOI, JE NE TE CONNAIS PAS VRAIMENT, DONC BON.
OUAIS... ELLE EST ÉNERVÉE.
SI C'ÉTAIENT DES RUMEURS, ALORS... C'ÉTAIT À PROPOS D'EUNJO, C'EST ÇA ?
OUI.
J'AIMERAIS TOUT TE RACONTER, MAIS MÊME HYUK NE CONNAÎT PAS TOUS LES DÉTAILS.
AH BON ? VOUS ÊTES POURTANT DANS LE MÊME GROUPE...
À CETTE ÉPOQUE, HYUK ÉTAIT TRÈS JEUNE. ON LE LUI RACONTERA UN JOUR...
EN TOUT CAS, JE COMPRENDRAIS QUE TU ME DÉTESTES APRÈS AVOIR ENTENDU TOUTES CES RUMEURS.
!

JE LES AI ENTENDUES AUSSI, ET C'EST UN FIASCO TOTAL.
JE N'ARRIVE MÊME PAS À ME JUSTIFIER.
ALORS T'ES EN TRAIN DE DIRE... QUE ÇA NE TE DÉRANGE PAS SI JE TE DÉTESTE...?
LOGE DES INVIT
MUSIC AWARDS DE CORÉ
LALIMA
UNNIE*, TU CONNAIS RYOK DEPUIS COMBIEN DE TEMPS ? TU ES AVEC NOUS DEPUIS NOS DÉBUTS, PAS VRAI ?
TROIS ANS JE DIRAIS ? QUE LE TEMPS PASSE VITE. JE VENAIS À PEINE DE FINIR MA FORMATION.
AS-TU DÉJÀ VU RYOK COMME ÇA ?
LALIMA... NE T'INQUIÈTE PAS. ÇA FINIRA PAR PASSER.
*Terme employ par les femmes pour s'adresser une femme plus g e

TU AS ENTENDU CE QU'IL A DIT TOUT À L'HEURE AUSSI, PAS VRAI ?
JE SUIS DÉSOLÉE POUR LA NOTE, J'ÉTAIS SOUS LE COUP DE LA COLÈRE.
OK. C'EST TOUT CE QUE JE VOULAIS ENTENDRE.
?
QUOI ? JE PENSAIS QUE TU ALLAIS T'ÉNERVER APRÈS MOI.
C'EST TOUT ? NE ME DIS PAS QUE TU ES RENTRÉ JUSTE POUR INTERFÉRER ENTRE LEE MAHA ET MOI ?
TU VAS TROP LOIN, TU NE CROIS PAS ? JE NE SAVAIS MÊME PAS QU'ELLE ÉTAIT ICI...
ALORS DEPUIS QUAND TU VIENS DANS MA LOGE, DIS-MOI ?
C'EST BON, TU T'ES EXCUSÉE ALORS... J'Y VAIS.
ET PUIS TU N'Y CONNAIS RIEN AUX FEMMES, ELLES RENTRENT ET SORTENT DE TA VIE. QUI TE DIT QU'ELLE N'EST PAS ENCORE PLUS EN COLÈRE QUE TU L'AIES FAIT SORTIR POUR ME PARLER SEUL À SEUL ?

LA PETITE MAHA INNOCENTE, JALOUSE...?
OUAIS, BREF. NE TE FAIS PAS DE FILMS.
ET 1 500 €, C'EST PAS RIEN. C'EST POUR ÇA QUE JE SUIS VENU.
TU NE TROUVES PAS QUE RYOK A L'AIR PLUS INTÉRESSÉ PAR MAHA QU'ELLE NE L'EST PAR LUI ?
JE PENSAIS QUE CETTE LEE MAHA N'ÉTAIT PAS UN DANGER, MAIS IL FAUT CROIRE QUE JE L'AI SOUS-ESTIMÉE.
AH BON...? NON, PAS VRAIMENT.
NON... ÇA ME DÉRANGERAIT... QUE TU ME DÉTESTES.

ÇA N'IRAIT PAS DU OUT, MAIS CE SERAIT MA FAUTE, ALORS J'ESSAIERAIS DE M'AMÉLIORER.
POURQUOI HYUK ET TOI PENSEZ QUE JE VAIS CROIRE CES HISTOIRES...?
HM ?
LES GENS DISENT QUE JE SUIS UNE FILLE FACILE DEPUIS QUE J'AI MONTRÉ MON DOS.
QUOI ?! QUI !! QUI DIT ÇA ?!
JE NE RÉPONDS PAS À CES RUMEURS, ALORS CROIS-TU QUE JE LE SUIS TOI AUSSI ?
POURQUOI TU DIS ÇA ? ÉVIDEMMENT QUE NON.

JE NE VAIS PAS TE JUGER SUR DES ON-DIT, MAIS SUR CE QUE JE VOIS DE MES PROPRES YEUX.
EH BIEN MOI, C'EST PAREIL.
JE NE TE CONNAIS PAS TRÈS BIEN, MAIS... JE NE CROIS PAS QUE TU SOIS CE GENRE DE PERSONNE.
"TA CARRIÈRE D'IDOL BAT DE L'AILE, ALORS TU VEUX DEVENIR ACTEUR ? TU CROIS QUE C'EST FACILE ? QUEL ABRUTI..."
"IL N'Y A PAS DE FUMÉE SANS FEU. PARFOIS, LES RUMEURS SONT INFONDÉES, MAIS À BIEN LE REGARDER... IL SE POURRAIT QUE CE SOIT VRAI."
"TOUT CE QUE T'AS APPRIS À FAIRE, C'EST HARCELER LES AUTRES, C'EST ÇA ? VAS-Y, ESSAYE ICI POUR VOIR."

"ÇA SONNERA TOUJOURS CREUX, QU'IMPORTE LA DOSE D'EFFORT QUE TU Y METS. DE TOUTE FAÇON, SI QUELQU'UN D'AUSSI EXASPÉRANT QUE TOI DISPARAISSAIT, PERSONNE NE LE REMARQUERAIT."
MAHA...
TU ME FAIS TOUJOURS ME SENTIR NERVEUX ET COUPABLE.
PARDON ?
C'EST VRAI. LES RUMEURS SONT DURES POUR N'IMPORTE QUI.
MAIS C'EST FACILE À OUBLIER QUAND C'EST LE PROBLÈME DE QUELQU'UN D'AUTRE.
C'EST FACILE D'ADHÉRER À CE QUI SE DIT SANS S'EN RENDRE COMPTE.

MAIS VOILÀ QUE TOI... TU ME DIS QUE TU NE CROIS PAS AUX RUMEURS QUI CIRCULENT SUR MOI...
POURQUOI N'AI-JE PAS PU FAIRE LA MÊME CHOSE POUR TOI ?
JE ME SUIS EXCUSÉ, ET TU AS DIT QUE CE N'ÉTAIT RIEN, MAIS JE CONTINUE DE M'EN VOULOIR...
JE NE L'AI JAMAIS VU COMME ÇA. MOI QUI CROYAIS QU'IL ÉTAIT TOUJOURS SI SÛR DE LUI.
TU SAIS, AU LIEU DE T'EN VOULOIR, TU POURRAIS JUSTE ME FÉLICITER...
COMME IL L'A FAIT POUR MOI CE JOUR-LÀ.
JE VEUX LE RÉCONFORTER...

POF
ÇA ME PLAIRAIT BIEN, TU SAIS ? ET À T... À TOI AUSSI ? NON ?
OH ?
DÉSOLÉ. JUSTE UN INSTANT...

LAISSE-MOI TE SERRER DANS MES BRAS, RIEN QU'UNE MINUTE.
!
TU ESSAIES DE ME RÉCONFORTER, C'EST ÇA ?
C'EST POUR ÇA QUE JE N'ARRIVE PAS À RÉSISTER.
FRRR
FRRR

Partie 5

Imitation

JE NE VAIS PAS POUVOIR CONTINUER À FAIRE CE QUE JE VEUX.
ET SI TU T'ENFUYAIS, TOI AUSSI ?
TANT MIEUX POUR TOI. TU POURRAS VENIR AUX ÉTATS-UNIS QUAND TU VEUX.
ON N'EST MÊME PAS AMIS À LA BASE. POURQUOI, TU FAIS TOUT ÇA ? VA-T'EN ET ARRÊTE DE ME SAOULER.
POURQUOI TU CROIS TOUT CE QU'ELLE TE DIT ?
OUAIS. JE SUIS UN DÉBILE QUI SE FAIT MANIPULER PAR UNE FILLE, ET JE M'ACCROCHE À DES MECS QUI NE ME TRAITENT MÊME PAS COMME LEUR AMI.
C'EST FAUX ! JE CROYAIS QU'ON ÉTAIT AMIS, JE SUIS À L'AISE AVEC TOI ! J'AI PAS UNE PERSONNALITÉ DES PLUS TENDRES, MAIS...

À L'AISE ? T'ES PAS À L'AISE, TU M'IGNORES TOTALEMENT.
QUOI, TU NE SUPPORTES PAS QUE TOUT LE MONDE TE MONTRE DU DOIGT MAINTENANT ?
C'EST POUR ÇA QUE T'AS BESOIN DE MOI TOUT À COUP ?
JE ME FOUS DE LA SITUATION DANS LAQUELLE TU TE TROUVES.
J'AI SURVÉCU À CE BORDEL. JE NE VEUX PLUS Y RETOURNER.
NON. C'EST PAS CE QUE JE VOULAIS DIRE...
HONNÊTEMENT, LE PREMIER JOUR J'AVAIS PEUR. PEUR QUE MAHA ME DÉTESTE COMME EUNJO.

JE PRÉTENDAIS QUE TOUT ALLAIT BIEN, PARCE QUE JE NE VOULAIS PAS AGGRAVER LA SITUATION, MAIS...
TU VOULAIS ME RÉCONFORTER, MAIS ON DIRAIT BIEN QUE ÇA A MARCHÉ DANS LES DEUX SENS.
OH ?
FWIP
FWIP
AAH, COMMENT FAIRE ?! J'AI MIS DU MAQUILLAGE SUR TES VÊTEMENTS !
C'EST RIEN.
REGARDE. ON NE VOIT RIEN SI C'EST BOUTONNÉ, PAS VRAI ?
TADAA
FIOU.

J'ESPÈRE QUE LE DRAMA SERA BIENTÔT TERMINÉ.
TU N'AS TOUJOURS AUCUNE IDÉE DE CE QUE JE VAIS TE DIRE, HEIN ?
SI, EN FAIT, JE CROIS QUE JE SAIS...
PETITE IGNORANTE QUI NE CESSES DE FAIRE GRANDIR DES ATTENTES EN MOI, VAS-TU PRENDRE TES RESPONSABILITÉS ?
UUH... IL Y AVAIT UNE INSULTE QUELQUE PART LÀ-DEDANS, NON ?
JE NE SAIS PAS GRAND-CHOSE, MAIS IL EST TELLEMENT EXPLICITE QUE C'EST UN PEU ÉVIDENT.
PARS DEVANT.
ET PUIS...

"NE TE RÉVEILLE PAS. SOIS INDULGENTE ENVERS MOI."
CE N'ÉTAIT... PAS UN RÊVE.
EN GÉNÉRAL, DANS LES DRAMAS, ELLES LES BAFFENT ET S'OFFUSQUENT, MAIS...
*Comme ça
JE ME SENTAIS TELLEMENT BIEN QUE ÇA ALLAIT, QU'IMPORTE CE QUI SE PASSAIT.
ELLE NE S'EST VRAIMENT PAS RÉVEILLÉE.
ALORS JE ME SUIS RENDORMIE.
JE SAIS QUE J'ÉTAIS ÉPUISÉE, MAIS SÉRIEUSEMENT... C'ÉTAIT TELLEMENT EMBARRASSANT QUE J'EMPORTERAI CE SECRET DANS LA TOMBE.
MAHA. TU AS FINI DE RÉPÉTER ?
OH, YOOJIN. QU'EST-CE QUE TU FAIS LÀ ?
LA LOGE EST UN PEU TROP BONDÉE.
AVEC NOTRE GROUPE DE DANSEURS, TOUT ÇA.

TIENS ? MAHA, TU SENS FORT LE PARFUM D'HOMME.
MOI, AH BON ? JE NE SENS RIEN POURTANT ?
JE T'ASSURE... C'EST À CAUSE DE LA CHORÉGRAPHIE...?
AH OUI... JE CROIS QUE C'EST PARCE QUE JE M'AGRIPPE AU COU DE HYUK.
C'EST L'ODEUR DE RYOK ?!
JE VAIS MOURIR DE HONTE !
BIENVENUE À TOUS AUX KTBN MUSIC AWARDS DE CORÉE, DEPUIS LE TOUT NOUVEAU STUDIO SANGAM À SÉOUL !
NOUS ACCUEILLONS CE SOIR LES 21 MEILLEURS GROUPES QUI ONT RAYONNÉ DANS LE MONDE DE LA MUSIQUE CETTE ANNÉE ! NOUS AVONS HÂTE DE LES DÉCOUVRIR !

ON COMMENCE AVEC LES NOUVEAUX ARRIVANTS AUX KTBN MUSIC AWARDS DE CETTE ANNÉE, UN GROUPE ARMÉ D'INCROYABLES CHANTEURS : SPARKLING !
ET LES ADORABLES CENDRILLONS, QUI ONT BEAUCOUP FAIT PARLER D'ELLES IL Y A TOUT JUSTE DEUX SEMAINES : TEA PARTY !
DES CANDIDATS POTENTIELS POUR LE PRIX DU JEUNE TALENT DE L'ANNÉE, AVEC UNE RFORMANCE À COUPER LE SOUFFLE : VOP !
ET LES PETITES SŒURS DU GROUPE SHAX, QUI ONT DOMINÉ LES CLASSEMENTS SIX MOIS APRÈS LEUR DÉBUT : PURE GIRLS !

VITE, COUREZ ! LIA, HYUN-JI, RETOURNEZ AU MAQUILLAGE ! MAHA, PRÉPARE-TOI POUR LE DUO !
YOOJIN, TU AS FINI DE TE CHANGER ? LAISSE MAHA UTILISER LA CABINE D'ESSAYAGE !
VOILÀ LA CAPUCHE. METS BIEN TA CAPUCHE.
J'Y VAIS MAINTENANT ?
NOONA, T'ES PRÊTE ? ON Y VA ! COURS !

VOICI MAINTENANT UNE COLLABORATION SPÉCIALE POUR LES KTBN MUSIC AWARDS !
PRÉPARÉE PAR HYUK DES SHAX ET MAHA DES TEA PARTY !
OH, C'EST MAHA.
ELLE VA FAIRE UN DUO AVEC UN SHAX ? ELLE A VRAIMENT PERCÉ.
MAHA...? CURIEUX, C'EST PAS COMMUN COMME NOM.
ÇA VALAIT LE COUP DE SE DÉSAPER ON DIRAIT. ELLES SE SONT HISSÉES EN QUELQUES JOURS.

ARF, PATRON !
BAH QUOI ? ELLE L'A BIEN ENLEVÉ POUR QU'ON REGARDE !
C'ÉTAIT UN ALÉA DU DIRECT, CE N'ÉTAIT PAS VOLONTAIRE.
JE PRÉFÈRE LARGEMENT UN DOS NU QU'UNE DANSE AVEC DES CUISSES ÉCARTÉES.
TU NE SAIS PAS GRAND-CHOSE SUR LES CÉLÉBRITÉS, PAS VRAI ?
OUI, MA FAMILLE N'Y PORTAIT AUCUN INTÉRÊT QUAND J'ÉTAIS PETITE.
REGARDE. HYUK, C'EST MON PRÉFÉRÉ DES SHAX.
C'EST UN SHAX ? MAHA EST JOLIE !
!
PATRON, VOUS CONNAISSEZ LES SHAX ?

QU'EST-CE QUE
MAHA FAIT LÀ ?

ILS SONT MIGNONS TOUS LES DEUX. C'EST UN GARÇON LUI ?

OUI, OUI. JE T'AI DIT QU'IL FAISAIT PARTIE DES SHAX.
LE STYLE MIGNON VA BEAUCOUP MIEUX À MAHA, JE NE SAIS PAS POURQUOI ILS L'ONT FAIT PARAÎTRE SEXY.
LE CÔTÉ SEXY, C'ÉTAIT POUR FAIRE PARLER D'ELLES, NON ?
OUAIS, MAIS BON... ÇA L'A FAIT PARAÎTRE STUPIDE.
LE CÔTÉ SEXY...?
MADAME LEE, IL FAUT FAIRE AUTRE CHOSE QUE TRAVAILLER DE TEMPS EN TEMPS. REGARDE, TU N'ES PAS AU COURANT DE CE QUI SE PASSE.
C'ÉTAIT UN COUP MARKETING. SI TU FAIS UNE RECHERCHE, ÇA SORT DIRECT. ELLE S'EST RETROUVÉ DOS NU EN PLEIN DIRECT.
DOS NU...? ELLE A DÛ RECEVOIR BEAUCOUP DE CRITIQUES, NON ?
ELLE N'A PAS JUSTE ÉTÉ CRITIQUÉE... CERTAINS COMMENTAIRES ÉTAIENT VRAIMENT CRADES.
LA PLUPART SONT COMME ÇA SUR LE NET. TOUS CES GENS DEVRAIENT ÊTRE ATTRAPÉS ET INCARCÉRÉS.

TIENS ! VOILÀ QUE TU T'Y INTÉRESSES MAINTENANT ?
C'EST HONTEUX QU'UNE FILLE AUSSI JEUNE... SUBISSE CE GENRE DE CHOSES.
J'AI DE LA PEINE POUR EUX, ILS SONT SI MIGNONS, MAIS BON... ON NE LES CONNAÎT PAS DE TOUTE FAÇON.
C'EST VRAI. DANS UN MONDE PAREIL, LES CÉLÉBRITÉS SONT VRAIMENT LE CADET DE NOS SOUCIS. ÇA IRA POUR EUX...
SAUF QUE CETTE CÉLÉBRITÉ... RESSEMBLE À MA PETITE SOEUR, MAHA.
MERCI POUR VOTRE JOLIE PERFORMANCE TOUS LES DEUX !

LA PROCHAINE PRESTATION EST...
JE NE ME SUIS PAS TROMPÉE, HEIN ? DÉSOLÉE... JE VOULAIS FAIRE MIEUX, MAIS...
NON, MAHA. C'ÉTAIT EXACTEMENT COMME EN RÉPÈT' ! JE VAIS ME CHANGER !
OH, YOOJIN TU M'ATTENDAIS AUSSI ?
METS TA CAPE. TU TRANSPIRES, TU RISQUES D'ATTRAPER FROID.
C'ÉTAIT VRAIMENT RÉUSSI.
C'ÉTAIT INCROYABLE D'ÊTRE SUR SCÈNE AVEC HYUK, LE PUBLIC ÉTAIT EN DÉLIRE.
AH BON, J'AI BIEN FAIT...? JE N'AI COMMIS AUCUNE ERREUR, MAIS J'AI L'IMPRESSION QU'IL MANQUAIT QUELQUE CHOSE.
ARF, IL MANQUAIT QUELQUE CHOSE... MAIS QUOI ?
HUM... J'AURAIS AIMÉ POUVOIR FAIRE MIEUX QUAND MÊME.

TU VEUX QUE JE TE DISE ? TU PENSES SÛREMENT ÇA PARCE QUE TU AS PERFORMÉ AVEC UN SHAX. IL Y A UNE GRANDE DIFFÉRENCE DE NIVEAU, ET TU L'AS RESSENTIE.
DONC MAINTENANT TU SAIS QUE TU N'ES PAS UNE BONNE DANSEUSE, HEIN ?
JE VAIS M'ENTRAÎNER ENCORE PLUS DUR. JE VEUX DEVENIR MEILLEURE.
TU COMPTES AUGMENTER TON TEMPS D'ENTRAÎNEMENT ? BIEN, JE SUIS SATISFAIT DE CETTE COLLABORATION.
LOGE DES INVITÉS
MUSIC AWARDS DE CORÉE
SHAX
WAAH, YOON JUNG-HYUK ! T'ES UN HOMME MAINTENANT !
ÇA Y EST, VOUS ALLEZ ME CHARRIER ? J'EN ÉTAIS DÉJÀ UN, VOUS SAVEZ ?

VA SAVOIR SI C'EST MAHA QUI EST LÉGÈRE OU HYUK QUI EST FORT... EN TOUT CAS, TU L'AS SOULEVÉE FACILEMENT, WOW !
JE T'AI AIDÉ À E RETROUVER SEUL AVEC ELLE, ET T'ES JALOUX ?!
C'ÉTAIT AU PRIX DE MA MONTRE. ÇA, C'EST UNE AUTRE HISTOIRE !
RYOK. TU ES ALLÉ FAIRE LA SCÈNE D'OUVERTURE COMME ÇA ?
OUAIS. POURQUOI ?
IL Y A UN LOOK PRÉÉTABLI, QUI T'A DIT QUE TU POUVAIS BOUTONNER TA VESTE ?
HEIN ? QUOI ? ATTENDS, NOONA...!
QU'EST-CE QUE C'EST QUE ÇA ? C'EST DU...
OUI, OUI. C'EST BIEN DU MAQUILLAGE.

HAA, JE TE TROUVAIS BIZARRE, CES JOURS-CI, MAIS TE VOILÀ DÉMASQUÉ.
ON AURA UNE PETITE DISCUSSION UNE FOIS RENTRÉS, KWON RYOK.
Une dispute ? Une dispute ?
ET L'HOMME VIRIL YOON JUNG-HYUK, QUI SEMBLE ÊTRE DE MÈCHE, PRÉPARE-TOI À PRENDRE UNE FESSÉE.
GE DES INVITÉS
SIC AWARDS DE CORÉE
PARKLING
TEA PARTY
OH ?
J'AI LA MONTRE. JE PEUX TOUT ENDURER. JE SUIS UN BONHOMME.
CHANGEMENT DE TENUE : DE LA CAPE À LA VESTE POUR LE FINAL.

JE PEUX PRENDRE UN APPEL ?
GRANDE SŒUR ♥
OUAIS. ON A ENCORE DU TEMPS.
COMMENT VAS-TU ? QUAND EST-CE QUE TU RENTRES À LA MAISON ?
UNNIE ! QUE SE PASSE-T-IL ?
JE PENSAIS QUE TU SERAIS TROP OCCUPÉE POUR RÉPONDRE, MAIS NON !
MAHA. JE T'AI VUE À LA TÉLÉ PENDANT QUE JE DÎNAIS AVEC DES COLLÈGUES DE TRAVAIL.
VRAIMENT ? WOW, C'EST GÉNIAL !
TU AVAIS DIT QUE TU VOULAIS ARRÊTER L'ÉCOLE POUR POURSUIVRE TON RÊVE. ALORS, C'ÉTAIT DE DEVENIR CÉLÈBRE ?
OUAIS ! COMMENT C'ÉTAIT ? C'ÉTAIT BIEN ?

OUI. JE TE TROUVAIS DÉJÀ MIGNONNE, MAIS TU ES TROP JOLIE À L'ÉCRAN.
UNNIE. C'EST LA PREMIÈRE VRAIE CHOSE QUE JE FAIS SANS TON AIDE. C'ÉTAIT RÉUSSI, HEIN ?
!
OUI. FORMIDABLE. C'ÉTAIT VRAIMENT TRÈS BIEN, MA PETITE MAHA.
EST-CE QUE CE N'EST PAS... TROP DUR ? J'AI ENTENDU DIRE QUE C'ÉTAIT DIFFICILE...

MAIS IL Y A PLUS DE POSITIF QUE DE NÉGATIF.
ÇA A ÉTÉ DUR... PARFOIS...
OK. JE PASSERAI QUELQUES JOURS À LA MAISON, QUAND MON EMPLOI DU TEMPS SE SERA UN PEU ALLÉGÉ.
MAHA. ÇA VA BIENTÔT ÊTRE À NOUS. VIENS VITE TE PRÉPARER.
VRAIMENT ?
UNNIE ! JE DOIS TE LAISSER ! APPELLE-MOI QUAND TU VIENDRAS À LA MAISON !

PETITE SŒUR
APPEL TERMINÉ
00:04:34
NOTRE PETITE MAHA QUI RESTAIT CLOÎTRÉE DANS SA CHAMBRE...
ÉVITANT NOTRE GRAND-PÈRE DICTATORIAL, COMME SI ELLE ÉTAIT INVISIBLE À LA MAISON...
EST-CE QUE C'EST SA MANIÈRE À ELLE D'ANNONCER AU MONDE QU'ELLE EXISTE ?
J'AI QUITTÉ LA MAISON EN IGNORANT CETTE PETITE, QUI ÉTAIT SI SEULE... AI-JE LE DROIT DE M'INQUIÉTER POUR ELLE MAINTENANT ?
<Imitation> Fin du tome 2.
La suite dans le tome 3.

KWON RYOC
JAE WOO
HYUK
DO-JIN
HYUN-JI
SOO-HYUN
YU-MIN
DONG WOOK
권력 재우 혁 도진 이현 수현 유민 동욱
GWON RYOC JAE-U HYUK DO-JIN I-HYUN SU-HYUN YU-MIN DONG WOOK
La suite dans le troisi me tome...

PRINTEMPS DES 18 ANS DE YOON JUNG-HYUK
JUNG-HYUK. DIS... J'AI UN SERVICE À TE DEMANDER...
C'EST QUOI ?
TU VAS DIRE OUI ? HEIN ?

QUATRIÈME ESSAI INFRUCTUEUX D'ÉCHAPPER AU PASSÉ.

SAIS-TU COMBIEN DE PHOTOS DE TOI EN TRAIN DE TE DISPUTER AVEC UNE FILLE ONT ÉTÉ ENVOYÉES AUX MEMBRES ET AUX MANAGERS ?
ET TU VOUDRAIS QUE JE RESTE LÀ SANS RIEN FAIRE ?
ELLE NE S'INTÉRESSE MÊME PAS À TOI, ALORS POURQUOI TOUS CES EFFORTS INUTILES, SI CE N'EST POUR NOUS FAIRE DE LA MAUVAISE PUB PARTOUT ?!
TU T'ES DISPUTÉ COMME UN CHIFFONNIER EN PLEIN JOUR AVEC UNE FILLE D'UN AUTRE GROUPE, EN LUI DISANT QU'ELLE T'AVAIT MIS UN COUP DE COUTEAU DANS LE DOS !
Manager n° 3 des SHAX
UNE PETITE AMIE ? C'EST POUR LES GENS QUI SAVENT BIEN SE GÉRER !
ET ON DOIT AGIR COMME SI ÇA NE FAISAIT QUE TROIS ANS À CAUSE D'EUNJO, PETIT IMMATURE QUE TU ES !
ÇA FAIT CINQ ANS QU'ON A DÉBUTÉ. POURQUOI J'AI PAS LE DROIT D'AVOIR UNE PETITE AMIE MAINTENANT ? TOUS LES AUTRES EN ONT UNE !

JE SAVAIS QU'IL Y AURAIT DES PROBLÈMES.
VOUS ÊTES LÀ ?
LES FANS ONT ENVOYÉ DES PHOTOS À LA PRESSE, NON ? HYUK, SI TU CONTINUES, ÇA VA JASER.
LE PETIT HOMME FAIT PARAÎTRE LES FEMMES VULGAIRES. VAS-Y MOLLO, HYUK.
JE NE SUIS PAS PETIT !
SI.
CE N'EST PAS EN BATIFOLANT QUE TU VAS TROUVER UNE PETITE AMIE. PLUS TU FERAS ÇA, PLUS TU AURAS L'AIR FRIVOLE...
HÉ, QU'EST-CE QUE T'AS DIT ?

HYUNG, JE NE VEUX RIEN ENTENDRE VENANT DE TOI, T'ES LE PIRE !
J'AI ÉTÉ TRAINEE* PENDANT CINQ ANS, ET J'AI DÉBUTÉ DEPUIS CINQ ANS, JE VEUX AVOIR UNE VIE SOCIALE MOI AUSSI !
*Stagiaire e
formation po
devenir ido
ARRÊTEZ DE ME TRAITER COMME UN BÉBÉ ! JE FERAI CE QUE J'AI ENVIE !
BAM
CLIC
!
HÉ ! T'AS CRU QUE CETTE CHAMBRE N'ÉTAIT QU'À TOI ?!
BAM
BAM
BAM
BAM
IL EST DE PLUS EN PLUS INSOLENT. C'EST QUOI CES MANIÈRES...
OUVRE LA PORTE !!
BAM
Quoi, quoi ?
Une dispute ?
BAM

LAISSE TOMBER. IL EST EN PLEINE PUBERTÉ.
OUAIS, C'EST LA PUBERTÉ POUR LUI, MAIS C'EST QUOI POUR TOI ?
KWON RYOK, T'AS EU PAS MAL DE SCANDALES AVEC DES FEMMES AUSSI, PAS VRAI ?
SEULEMENT DEUX... ET LE DEUXIÈME, C'ÉTAIT IL Y A PLUS D'UN AN ET DEMI. ARRÊTE DE RESSASSER LE PASSÉ.
SOO-HYUN, ÇA FAIT DÉJÀ UN AN QUE T'ES EN COUPLE, NON ? ÇA VA DURER ENCORE LONGTEMPS ?
EUH, JE VAIS ME DOUCHER.
ET JUNG DONG WOOK, TU...
HÉ ! HYUK RISQUE DE T'ENTENDRE.
...
JE CROIS QUE LA DISPUTE EST TERMINÉE, ALORS ON VA ALLER DANS NOS CHAMBRES.
OUAIS...

SURSAUTE
REVENEZ PAR ICI.
SÛREMENT PAS...
WOOV
HYUNG, VA TE REPOSER. T'ES UN PEU À CRAN.
WOOV
WOOOOV
OH, MAIS JAEWOO... C'EST PAS JUSTE.
SUB
LE VERDICT EST TOMBÉ À L'ISSUE DE LA RÉUNION AVEC LES HYUNG.
ON A TOUT ICI, MÊME DES TOILETTES, ALORS POURQUOI AURIEZ-VOUS BESOIN DE SORTIR DE LA LOGE ?
AUCUNE SORTIE N'EST AUTO-RISÉE EN DEHORS DES ACTIVITÉS DU GROUPE.

JE REFUSE. J'AI PLUS LE DROIT DE SORTIR ? TU TE PRENDS POUR QUI ?
COMME ÇA, HYUK N'IRA PAS DANS LES LOGES DES GROUPES DE FILLES POUR DEMANDER LEURS NUMÉROS.
LES MECS, SI ON GARDE UN ŒIL SUR HYUK, LES AUTRES POURRONT SORTIR... VOUS SAVEZ CE QUE ÇA SIGNIFIE.
ON VA FAIRE UN ROULEMENT.
HYUK MORFLE PAS MAL QUAND MÊME.
C'EST ÇA, D'ÊTRE LE PLUS JEUNE DU GROUPE.
EUAAARGH

Kyaaah
Oppa !
C'était super !
Rentrez bien !
Soo-hyun, c'était génial !
Hyuk ! Prends soin de toi !
Soo-hyun Oppa !
Yoon Jung-Hyuk, bravo !
TU NE REGARDES MÊME PAS LES FANS... T'ES VRAIMENT EN COLÈRE CONTRE MOI HEIN, HYUK ?
?
EST-CE QUE JE T'AI CAUSÉ BEAUCOUP DE TORTS DEPUIS HIER SOIR ? REGARDE-MOI.
?!

J-JAEWOO, QU'EST-CE QUE TU...
JE NE POURRAIS PAS M'EN EMPÊCHER MÊME SI TU ME DEMANDAIS D'ARRÊTER. COMPRENDS-MOI.
JE SUIS TELLEMENT CONTRARIÉ QUAND TU ME TOURNES LE DOS.
HYUNG, T'ES FOU ? ATT...!
NE SOIS PLUS FÂCHÉ APRÈS MOI.
SMAC

KTBN
Kyaaaaaaaaah
QUE S'EST-IL PASSÉ HIER SOIR ?!
IL Y A EU UNE VIOLENTE DISPUTE. JAEWOO, CE DÉMON...
TU NE PEUX PAS T'EMPÊCHER DE FAIRE QUOI ?!
Beurk
IL LE GRONDE TOUT LE TEMPS, MAIS JAEWOO N'AVAIT JAMAIS PARLÉ COMME ÇA...
IL NE FAUT JAMAIS SE REBELLER CONTRE JAEWOO.
WAH, IL A CRAQUÉ. ARGH, MES YEUX.
APRÈS LE DÉPART D'EUNJO, LES MEMBRES ONT SURMONTÉ CETTE CRISE ET SE SONT RELÂCHÉS.

ÉCOUTE, ET NE CONTESTE PLUS JAMAIS CE QUE JE DIS. JE VAIS FAIRE DE TOI LE PERSONNAGE PRINCIPAL D'UNE FANFICTION.
C'EST À CE MOMENT-LÀ QUE LA DICTATURE DU GRAND HAN JAEWOO FUT PARFAITEMENT ÉTABLIE.
Hyuk, courage !
Courage, sunbaenim !
Fighting !
GRÂCE AUX RUMEURS QUI ONT RAPIDEMENT ÉMERGÉ, HYUK NE POUVAIT PLUS COURIR APRÈS LES FEMMES.
HEO YOO-JOON DES N.BOYZ AVEC UNE MYSTÉRIEUSE FEMME ? NON ! UN RENDEZ-VOUS SECRET AVEC HYUK DES SHAX ?!
PUBLIÉ LE 201X.05.11
MIS À JOUR LE 201X.05.11
912
[EXCLUSIF] RENCONTRE ENTRE L
MEILLEUR DU HIP-HOP ET LE ME
DANSEUR "ON EST VRAIMENT PR
RED CROW X HYUK
PUBLIÉ LE 201X.07.10 09:00
MIS À JOUR LE 201X.07.12 09:32
562
가
DEPUIS, IL N'Y AVAIT QUE DES SCANDALES AVEC DES HOMMES DANS UNE AMBIANCE BIZARRE.
ON A JUSTE MANGÉ ENSEMBLE ! POURQUOI ?!

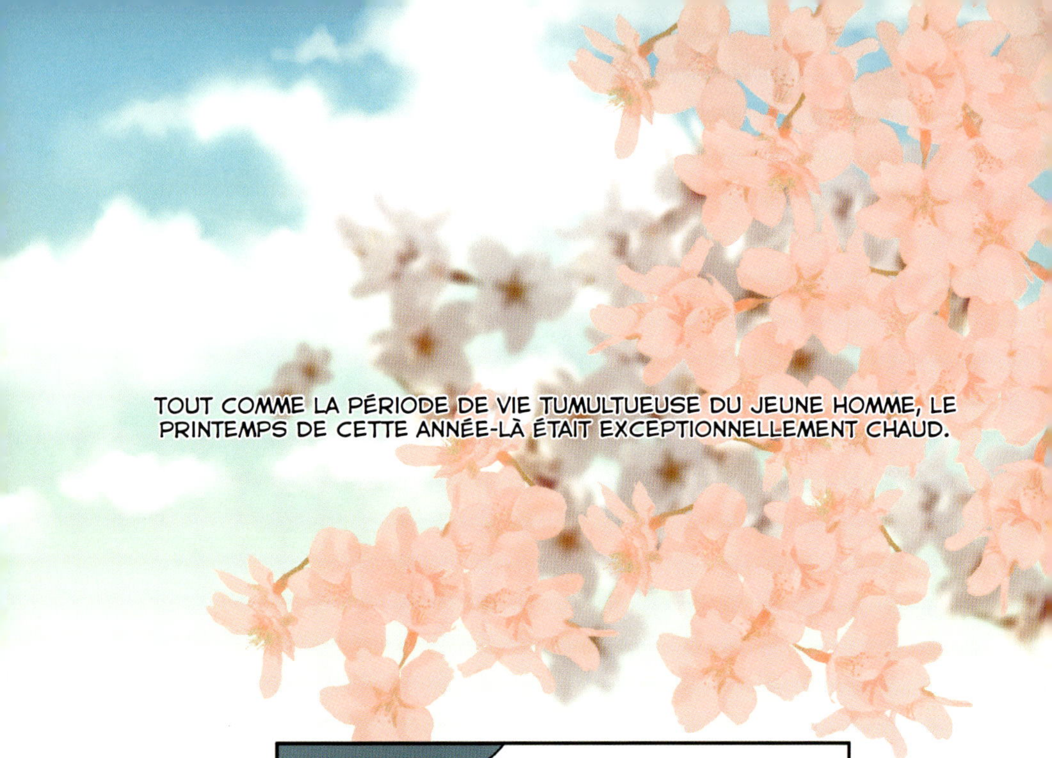

LE TEMPS DEVAIT ÊTRE CHAUD AUSSI POUR DO-JIN, LE COLOCATAIRE DE HYUK, QUI DEVAIT PARFOIS DORMIR DANS LE SALON À CAUSE DE LA RÉBELLION SILENCIEUSE QUI PASSAIT COMME UN COURANT D'AIR FROID.

<Épisode spécial> Fin.

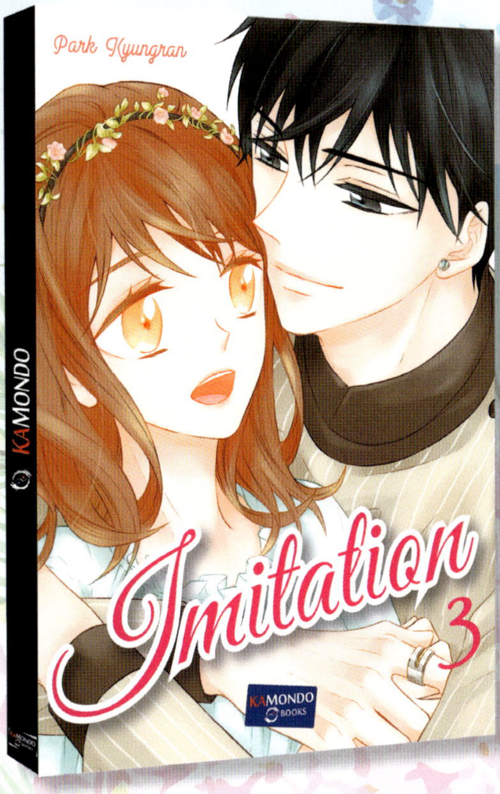

Imitation 3

Avec son girls band *Tea Party*, Lee Maha rêve d'entrer dans le monde des célébrités. Un univers impitoyable, et elle va vite le découvrir…
Dès le début, elle est accusée sur les réseaux sociaux d'imiter les stars. Et même si le buzz est le meilleur chemin vers le succès, peu à peu, la réputation de Lee Maha se ternit.
Presque tout le monde semble la détester, et notamment le ténébreux et sexy membre d'un boys band à succès dont elle n'arrête pas de croiser la route…

Les aventures d'une jeune fille dans l'univers des stars et de la K-Pop.

www.kamondo.fr